清·曹雪芹 著

紅樓夢

乾隆間程乙本

中國書店

出版説明

《紅樓夢》一百二十回，清曹雪芹著。

作爲中國古典小説代表作品的《紅樓夢》，在曹雪芹逝世後的二三十年間一直是以抄本的形式流傳。至清乾隆五十六年辛亥（一七九一），由萃文書屋主人程偉元與高鶚共同整理出版，第一次以活字印刷的形式將《紅樓夢》八十回抄本與無名氏所續後四十回補本合在一起印行，成爲《紅樓夢》第一個印本，被稱爲『程甲本』。出版後，因社會需要量大，難以滿足世人的購書需求，且前次印刷『因急欲公諸同好，故初印時不及細校，間有紕謬』（『程乙本』高鶚引言），又于第二年春季（乾隆五十七年壬子）再次校訂排印，内容上改動了五六千字，回目標題也稍有改動，爲區别于前一印本，此版被稱爲『程乙本』。在版式方面，此兩版《紅樓夢》均爲半頁十行，行二十四字，白口、單魚尾，四周雙邊。書前有序文、二十四幅綉像圖及圖贊，封面刻《新鐫全部綉像紅樓夢》。僅『程乙本』因在排印前作了修訂，所以在序後又多一篇引言。

《紅樓夢》『程甲本』、『程乙本』的問世，從兩個方面深刻地影響了這部偉大的作品。首先，它使《紅樓夢》以定本的面目出現，得到更廣泛流傳；其次，它以一百二十回全本出版，改變了抄本時代衹有八十回的缺憾。

由于『程甲本』、『程乙本』均采用活字形式印刷，印量不多，傳至今日已非常稀見，『程甲本』則更同鳳毛麟角。據著録，『程甲本』公藏僅存四部，『程乙本』公藏僅存十部，讀者難得一見。

作爲一家擁有圖書出版、發行以及古舊書收售等多元化經營的綜合文化企業，中國書店一直以收售古今中外書刊、碑帖、字畫等形式，發掘、搶救、保護和傳播人類文明遺産。在中國書店六十多年的古籍收購、整理過程中，曾有幸收購過兩部《新鐫全部綉像紅樓夢》『程甲本』，其中一部供中國國家圖書館收藏，另一部在中國書店保存。中國書店所藏『程甲本』，版式精致，保存完好，與早年收購的『程乙本』堪稱雙璧，并且兩書文字均有前人朱筆校訂，其珍貴價值不言而喻。

今鑒于『程甲本』、『程乙本』是《紅樓夢》衆多版本中包含後四十回的最早印本，是研究《紅樓夢》的寶貴資料，在中國古典文學史和古代印刷史上占有重要的地位，有着極高的學術價值。因此，中國書店特據自藏《新鐫全部綉像紅樓夢》『程甲本』與『程乙本』爲底本限量影印出版，從版式到裝幀形式均依照原書，一方面爲《紅樓夢》的比較研究與版本整理創造了更優越的條件，另一方面也爲『紅學』研究者、愛好者提供了一部珍貴版本。

中國書店

序

紅樓夢小說本名石頭記作者相傳不一究未知出自何人惟書內記雪芹曹、刪改數過　事者每傳　部四廟市中昂其值得　金可謂不脛而走者矣然原目一百廿卷今所傳祇八十卷殊非全本即間稱有全部者及檢閱仍祇八十卷讀者頗以為憾不佞以是書既有百廿卷之目豈無全璧爰為竭力搜羅自藏書家甚至

故紙堆中無不留心數
僅積有廿餘卷一日偶
擔上得十餘卷遂重價
欣然繙閱見其前後
尚屬接筍然漶漫殆
拾乃同友人細加釐剔

補短抄成全部復為鐫板以公
同好紅樓夢全書始至是告
成矣書成因並誌其緣起以告
海內君子凡我同人或亦先覩
為快者歟

小泉程偉元識

小泉

程偉元

叙

予聞紅樓夢膾炙人口幾廿
餘年然無全璧無定向曾
從友人借觀竊以染指嘗為
憾今年春友人程子小泉口
以其所購全書見示且曰此僕數
年銖積寸累之苦心將付剞劂
公同好子閑且憊矣盍分任之予
以是書雖稗官野史之流然尚
不謬於名教欣然拜諾正以波斯

奴見寶為幸遂襄其役工既
竣并識端末以告閱者
時
乾隆辛亥冬至後五日鐵嶺
高鶚敘并書

石耶玉耶頑耶靈耶乾端坤倪鑄爾形耶癡海情天鍊爾神耶來無始古無終耶渺渺茫茫吾安窮耶

琳瑯名重未貢王庭花月
情多自開綺洞塵總重而
情緣縈結真如會而無相
偶空從此歸來弍寶地乎
於還我青虛天

怡紅公子

賈氏宗祠

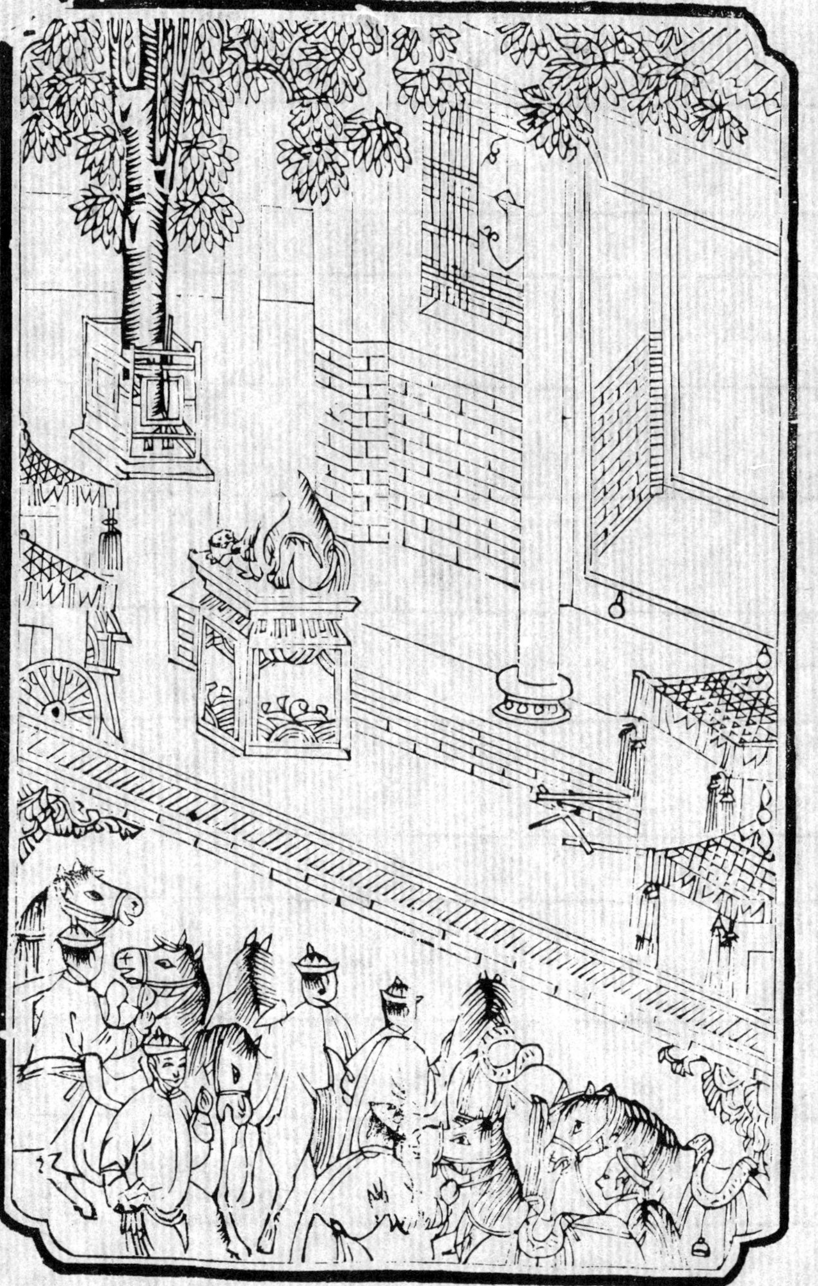

江左皇皇族祠堂氣象
新衣冠三代列俎豆四
時陳鶴立金萱藹鵷行
玉樹春莫言神歎息終
看叶振振

史太君

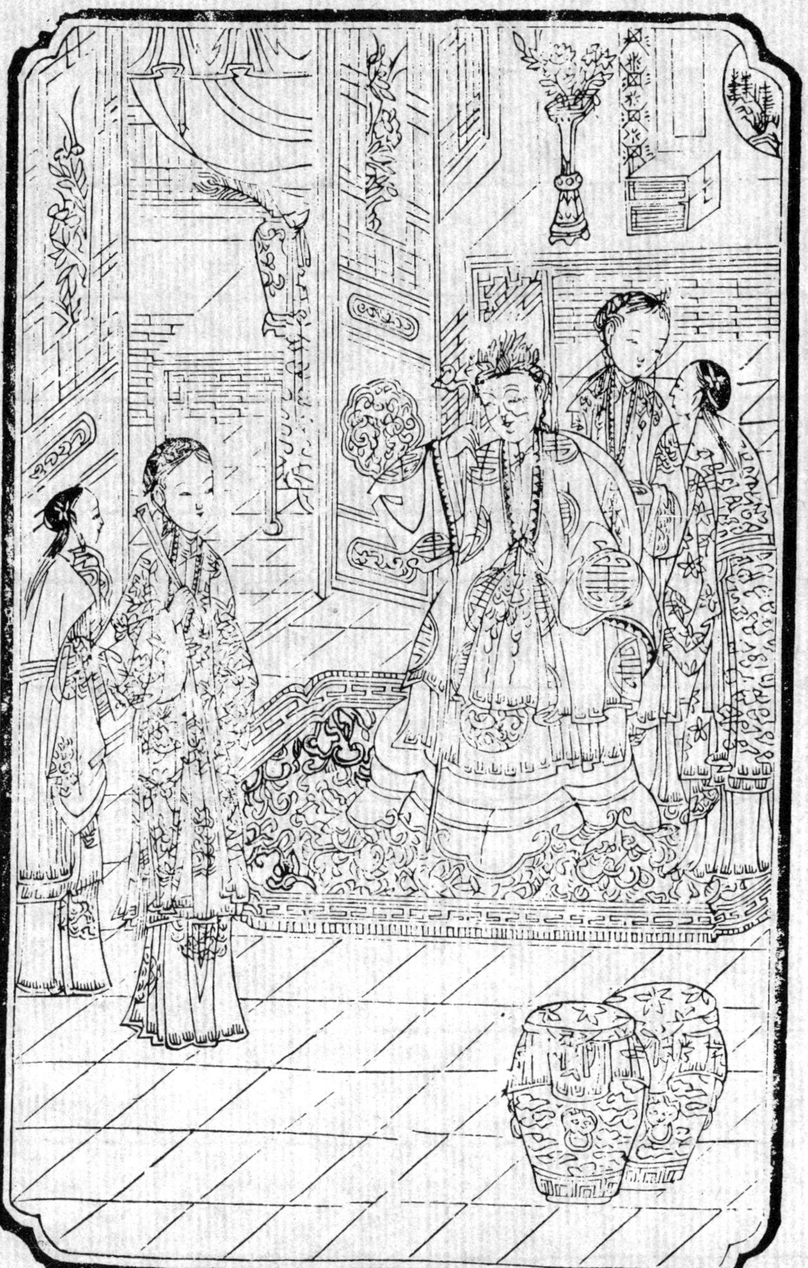

安重深閨質慈
祥大母儀盛衰
同一瞬白首苦
低垂

富貴壽考

誰話蘭竹解念
憂辛苦嚴慈意未
休奇語心間佳子弟
可能天所生否

窈窕淑女宜君宜
王歸寧父母鸞聲
鏘〻終允兄弟不
可弭忘永言配命
昆憂以痒

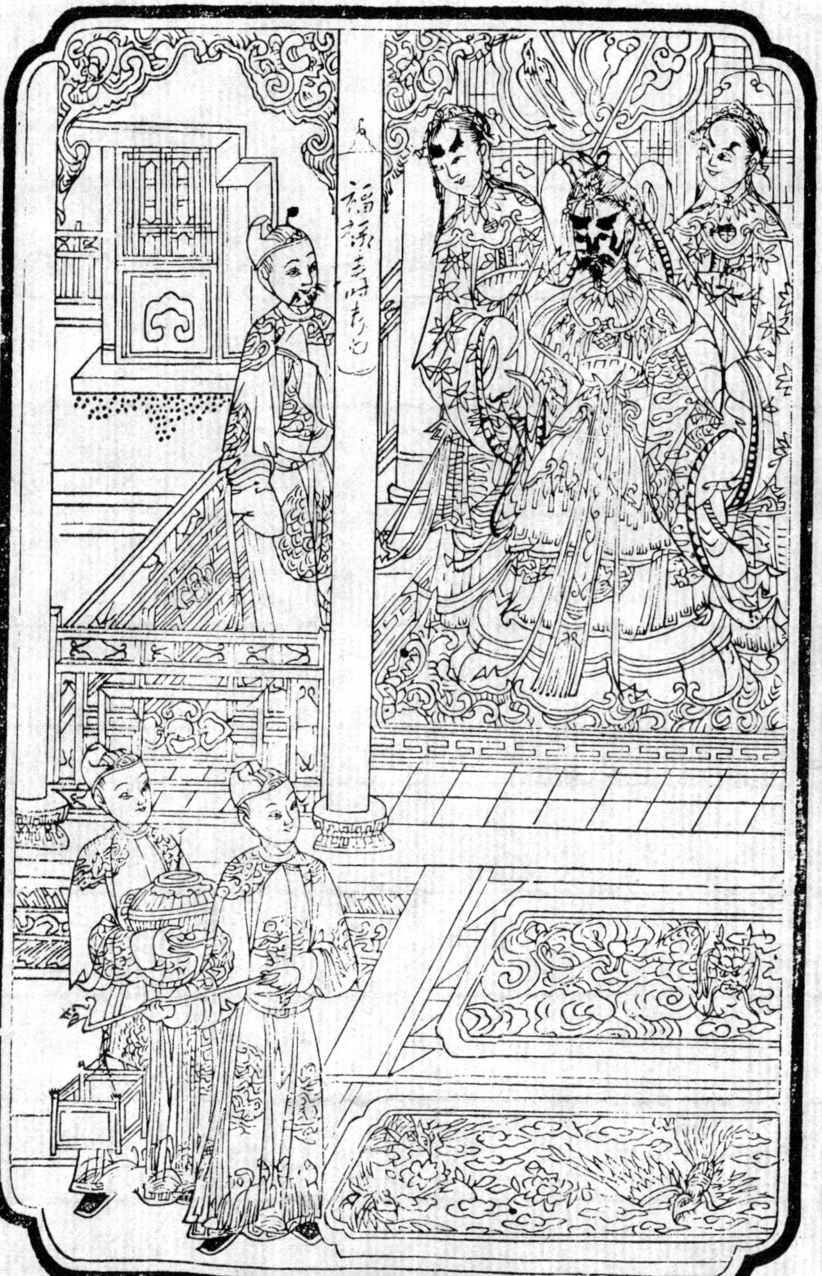

元春

菱洲亭畔水縈洄
淚濕闌干忠自哀
事鬧無揮不去一篇
幾應卻被猜

迎春

巧女巧女晓畔，且将家政代理。钜细久已克条，厘弊出入。置为日勤日信，剔伪剔私，卓一条以范为女老师。

探春

漫道掃眉班馬休
論從粉黛關辭識
君圖是畫居然給
漫寮山

惜春

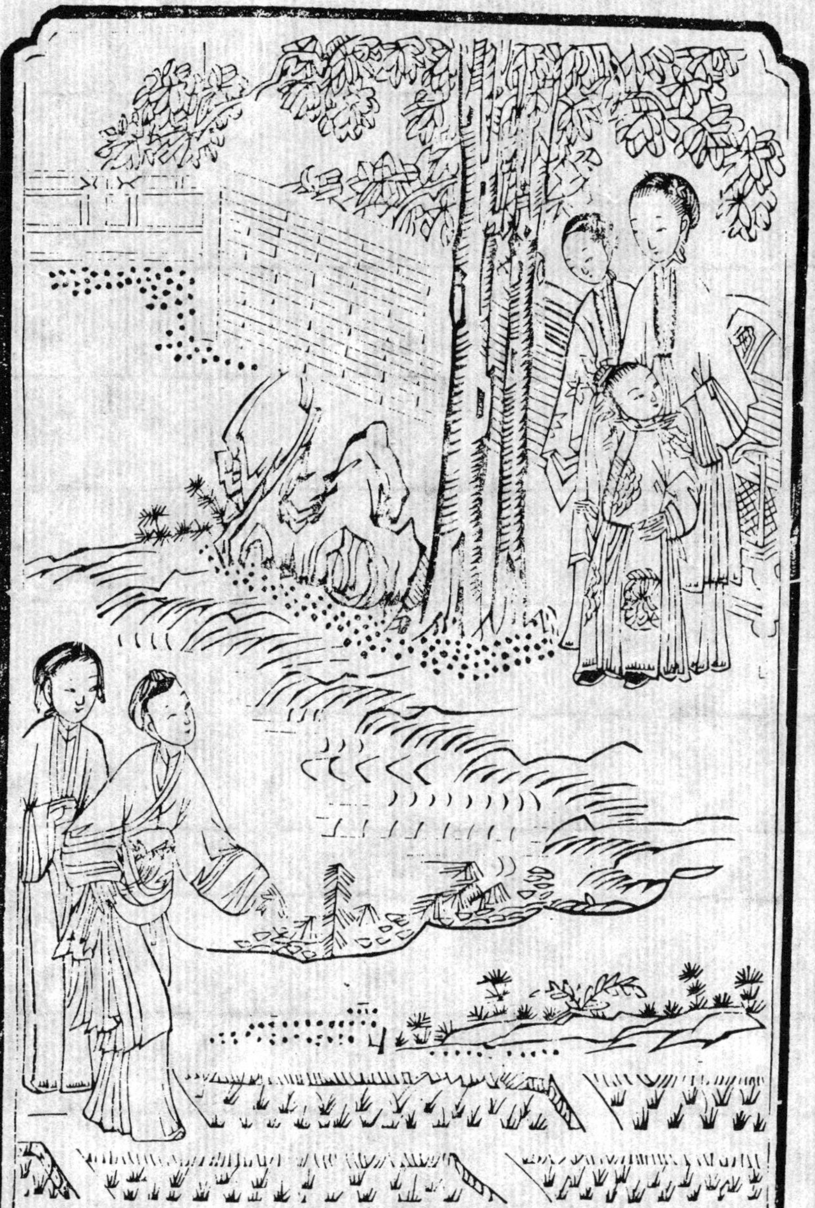

李紈　賈蘭附

抱得松筠操青青耐早
霜鸞飛孤月影桂發一
枝香愛雪邀開社追涼
玩插秋教兒知稼穡婦
德自流芳

稻香老農

王熙鳳

才調風流迥出塵
宮花分得一枝新
儂家作醒陽臺夢
斜掠烟鬟半未匀

巧姐

維七夕生是以巧名
金閨舊夢空村紡
聲誰假十萬嫁織女
星

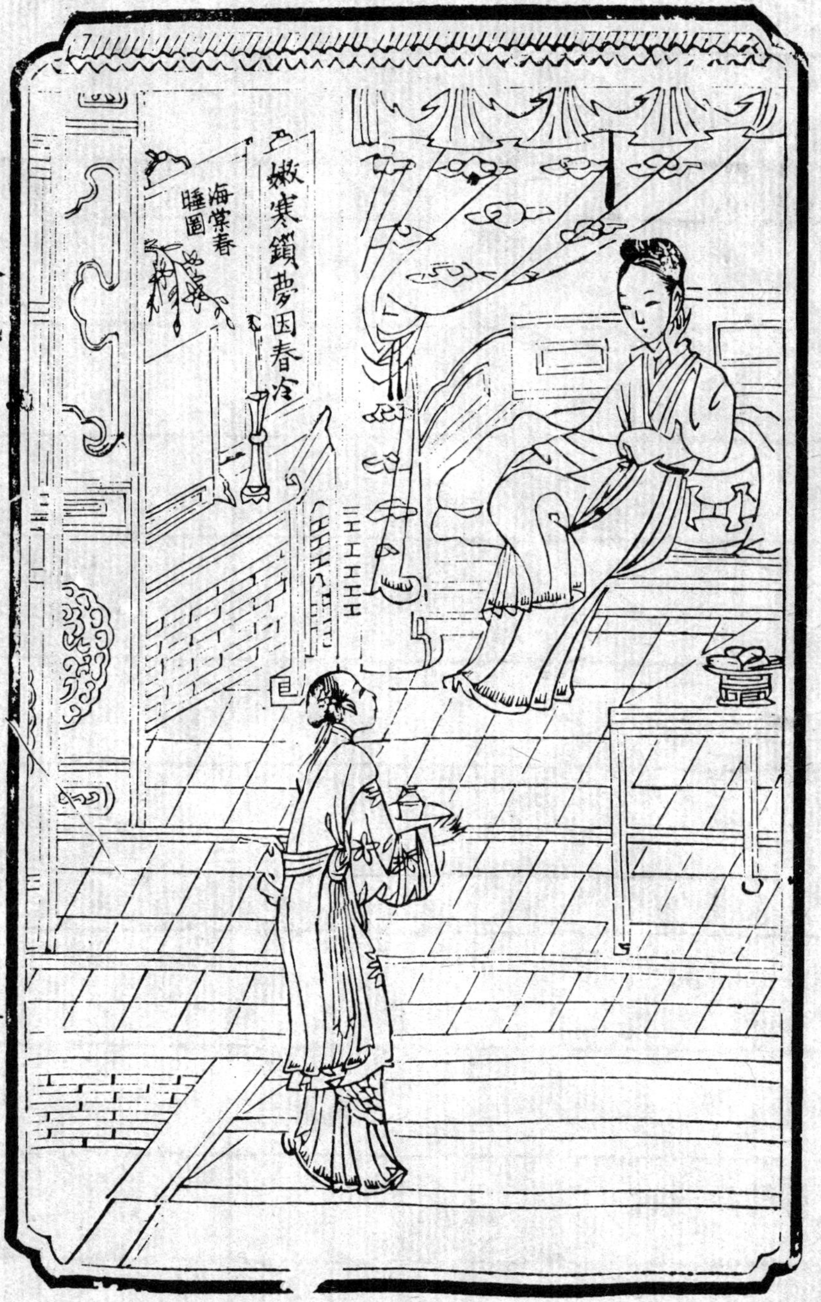

秦氏

香案螢前使瑤臺月下逢卿々
本是許飛瓊爭被芳名喚起夢
魂中露浥珠旋落人遙豆不紅低枝
無奈五更風一點幽情還逐曉雲
空　調寄南柯子

宜爾室家多藉閨中弱
息無雙夫子何殊林下
高風庭閒鶴夢知午睡
之初長繡並鴛衾感霜
翎之忽斂

薛寶釵

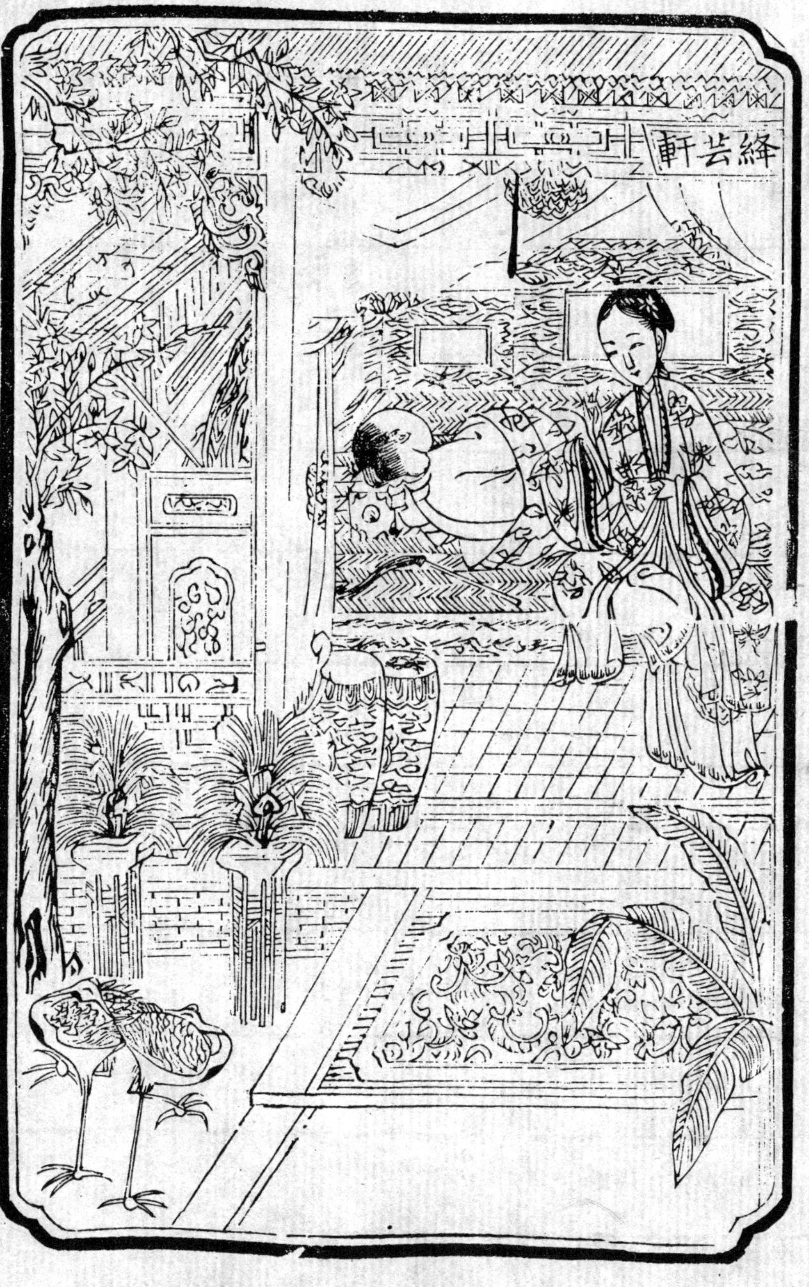

林黛玉

人間天上緫情癡湘
館啼痕空染枝鸚鵡
不知儂意緒喃〻猶誦
葬花詩

瀟湘妃子

拾得麒麟去
飛閣風將媒芍
裀沈醉後花向夕
陽閑

枕霞舊友

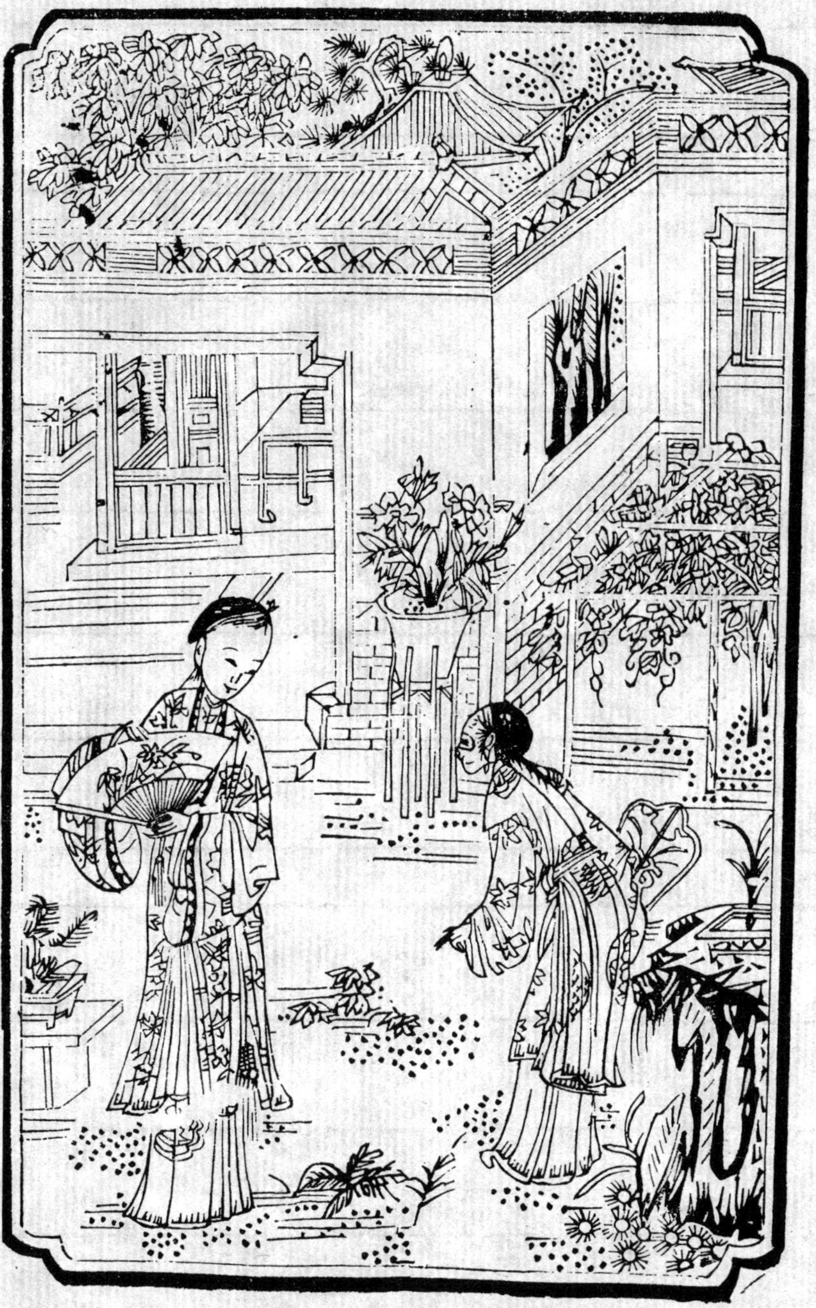

史湘雲

沖寥孤另乃參尸學化住樓
有軒見畫合音執霜猜奇傾
向紅梅檻翠去白雪梢香點
不信維摩室有見龕

調寄女冠子

櫟九

妙玉

鶴氅翩翩红韎鞨泥金
裹滾珍珠屑生来自
合是梅粧清一色嬌難
别天花影裡胭脂雪

調寄天仙子

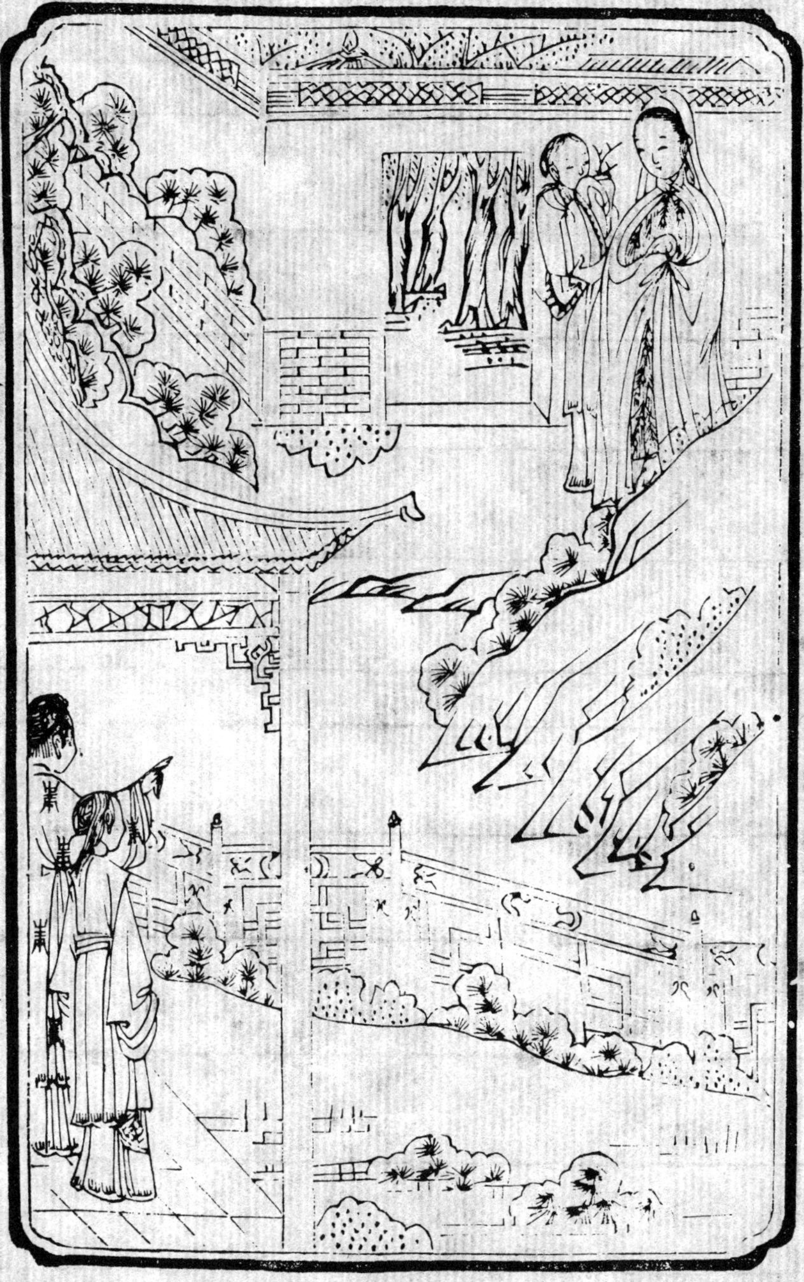

薛寶琴

十八

李紋　李綺　邢岫烟

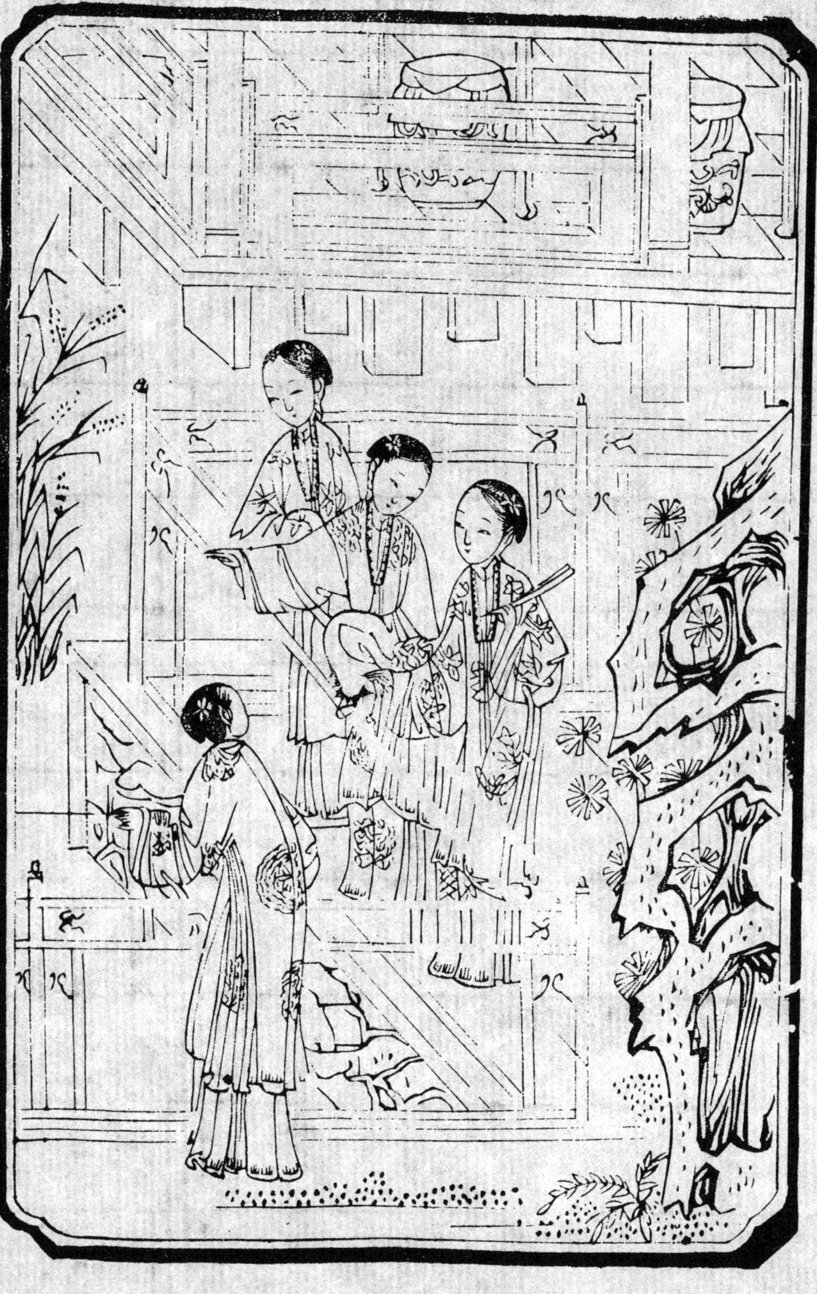

翠鬟碧沼曲欄杆

一段閑情寄釣竿

魚自忘機人自戲

鴛鴦相睡不相干

君有情妾無情胭脂雨亂
子鴛妾已情君無情氤氳
使歸花城說分說緣都是
幻女子無媒羞自獻君不
見桃花血濺鴛鴦劍

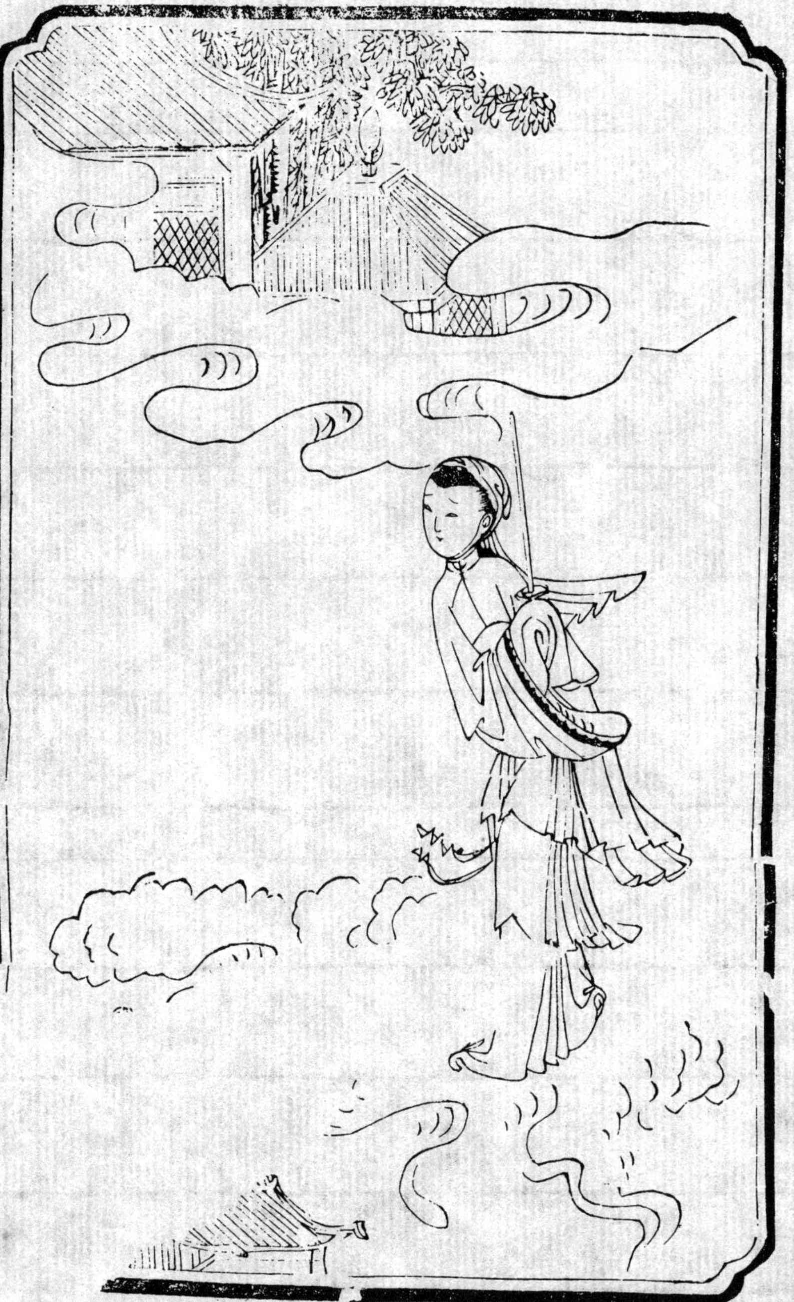

尤三姐

香菱 襲人

南園草色綠盈、朱欄外有人聲
穠桃艷李讓渠贏怎解道夫妻
蕙占佳名小娃忌諱太憨生屌
帶染綠茗青郎君阿姊兩多情悄
解換偷眼看怡卿、

調寄繫裙腰

病質何因把至夜
補裘人自泣斜暉
可憐白骨添新塚
芙蓉冥烱蝶姿飛

晴雯

艷舞嬌歌姿孔沾袖風生
鴛素菱湖近鷺散沙鷗
陣絃管無情竟作晨鐘促
休重問梵聲禪韻千里江
村恨

調寄菩薩蠻

女樂

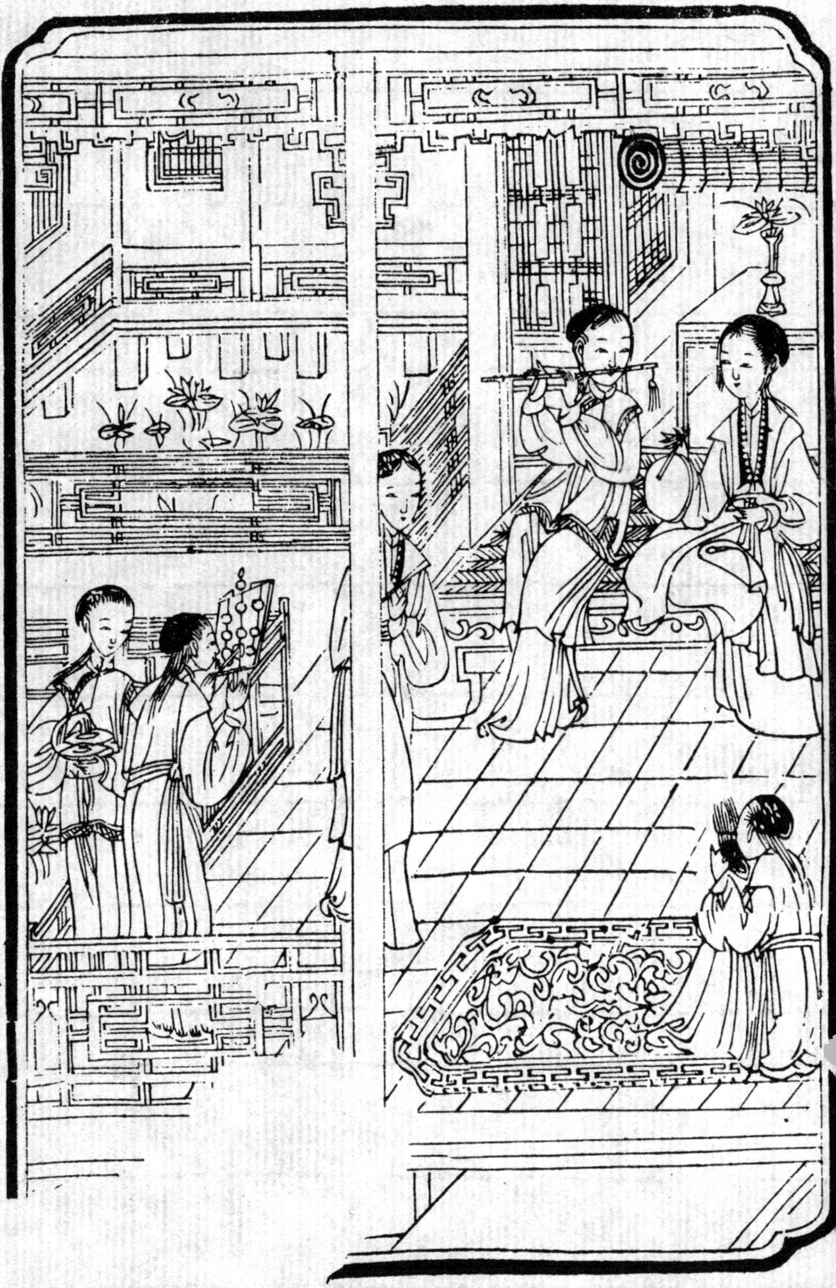

象僧一隻牛你偷一隻狗我要牛狗大家撒手我可牛狗大家一口到底是怎麼著了義滿天菓象來去爰安念生六語之點綴

僧道

紅樓夢目錄

第一回

甄士隱夢幻識通靈　賈雨村風塵懷閨秀

第二回

賈夫人仙逝揚州城　冷子興演說榮國府

第三回

托內兄如海薦西賓　接外孫賈母惜孤女

第四回

薄命女偏逢薄命郎　葫蘆僧判斷葫蘆案

第五回

賈寶玉神遊太虛境　警幻仙曲演紅樓夢

第六回

賈寶玉初試雲雨情　劉老老一進榮國府

第七回

送宮花賈璉戲熙鳳　晏寧府寶玉會秦鐘

第八回

賈寶玉奇緣識金鎖　薛寶釵巧合認通靈

第九回

訓劣子李貴承申飭　嗔頑童茗烟鬧書房

第十回

金寡婦貪利權受辱　張太醫論病細窮源

第十一回
慶壽辰寧府排家宴　見熙鳳賈瑞起淫心

第十二回
王熙鳳毒設相思局　賈天祥正照風月鑑

第十三回
秦可卿死封龍禁尉　王熙鳳協理寧國府

第十四回
林如海捐館揚州城　賈寶玉路謁北靜王

第十五回
王鳳姐弄權鐵檻寺　秦鯨卿得趣饅頭庵

第十六回
賈元春才選鳳藻宮　秦鯨卿夭逝黃泉路

第十七回
大觀園試才題對額　榮國府歸省慶元宵

第十八回
皇恩重元妃省父母　天倫樂寶玉呈才藻

第十九回
情切切良宵花解語　意綿綿靜日玉生香

第二十回

王熙鳳正言彈妬意　林黛玉俏語謔嬌音
第二十一回
賢襲人嬌嗔箴寶玉　俏平兒軟語救賈璉
第二十二回
聽曲文寶玉悟禪機　製燈謎賈政悲讖語
第二十三回
西廂記妙詞通戲語　牡丹亭艷曲警芳心
第二十四回
醉金剛輕財尚義俠　痴女兒遺帕惹相思
第二十五回
魘魔法叔嫂逢五鬼　通靈玉蒙蔽遇雙真
第二十六回
蜂腰橋設言傳心事　瀟湘館春困發幽情
第二十七回
滴翠亭楊妃戲彩蝶　埋香塚飛燕泣殘紅
第二十八回
蔣玉函情贈茜香羅　薛寶釵羞籠紅麝串
第二十九回
享福人福深還禱福　惜情女情重愈斟情
第三十回

寶釵借扇機帶雙敲　椿齡畫薔痴及局外
第三十一回
撕扇子作千金一笑　因麒麟伏白首雙星
第三十二回
訴肺腑心迷活寶玉　含恥辱情烈死金釧
第三十三回
手足耽耽小動唇舌　不肖種種大承笞撻
第三十四回
情中情因情感妹妹　錯裡錯以錯勸哥哥
第三十五回
白玉釧親嚐蓮葉羹　黃金鶯巧結梅花絡
第三十六回
繡鴛鴦夢兆絳芸軒　識分定情悟梨香院
第三十七回
秋爽齋偶結海棠社　蘅蕪院夜擬菊花題
第三十八回
林瀟湘魁奪菊花詩　薛蘅蕪諷和螃蟹咏
第三十九回
村老老是信口開河　情哥哥偏尋根究底
第四十回

史太君兩宴大觀園　金鴛鴦三宣牙牌令
第四十一回
賈寶玉品茶櫳翠菴　劉老老醉臥怡紅院
第四十二回
蘅蕪君蘭言解疑癖　瀟湘子雅謔補餘音
第四十三回
閒取樂偶攢金慶壽　不了情暫撮土爲香
第四十四回
變生不測鳳姐潑醋　喜出望外平兒理粧
第四十五回

金蘭契互剖金蘭語　風雨夕悶製風雨詞
第四十六回
尷尬人難免尷尬事　鴛鴦女誓絕鴛鴦偶
第四十七回
獃霸王調情遭苦打　冷郎君懼禍走他鄉
第四十八回
濫情人情誤思游藝　慕雅女雅集苦吟詩
第四十九回
琉璃世界白雪紅梅　脂粉香娃割腥啖羶
第五十回

蘆雪亭爭聯卽景詩　暖香塢雅製春燈謎
第五十一回
薛小妹新編懷古詩　胡庸醫亂用虎狼藥
第五十二回
俏平兒情掩蝦鬚鐲　勇晴雯病補雀毛裘
第五十三回
寧國府除夕祭宗祠　榮國府元宵開夜宴
第五十四回
史太君破陳腐舊套　王熙鳳效戲彩斑衣
第五十五回

辱親女愚妾爭閒氣　欺幼主刁奴蓄險心
第五十六回
敏探春興利除宿弊　賢寶釵小惠全大體
第五十七回
慧紫鵑情辭試莽玉　慈姨媽愛語慰痴顰
第五十八回
杏子陰假鳳泣虛凰　茜紗窗眞情揆痴理
第五十九回
柳葉渚邊嗔鶯叱燕　絳芸軒裡召將飛符
第六十回

茉莉粉替去薔薇硝　玫瑰露引出茯苓霜
第六十一回
投鼠忌器寶玉瞞贓　判寃决獄平兒行權
第六十二回
憨湘雲醉眠芍藥裀　獃香菱情解石榴裙
第六十三回
壽怡紅羣芳開夜宴　死金丹獨艷理親喪
第六十四回
幽淑女悲題五美吟　浪蕩子情遺九龍佩
第六十五回

賈二舍偷娶尤二姨　尤三姐思嫁柳二郎
第六十六回
情小妹恥情歸地府　冷二郎一冷入空門
第六十七回
見土儀顰卿思故里　聞秘事鳳姐訊家童
第六十八回
苦尤娘賺入大觀園　酸鳳姐大鬧寧國府
第六十九回
弄小巧用借劍殺人　覺大限吞生金自逝
第七十回

林黛玉重建桃花社　史湘雲偶塡柳絮詞
第七十一回
嫌隙人有心生嫌隙　鴛鴦女無意遇鴛鴦
第七十二回
王熙鳳恃强羞說病　來旺婦倚勢霸成親
第七十三回
痴丫頭悞拾綉春囊　懦小姐不問纍金鳳
第七十四回
惑奸讒抄檢大觀園　矢孤人杜絕寧國府

第七十五回
開夜宴異兆發悲音　賞中秋新詞得佳讖
第七十六回
凸碧堂品笛感淒清　凹晶館聯詩悲寂寞
第七十七回
俏丫鬟抱屈夭風流　美優伶斬情歸水月
第七十八回
老學士閒徵姽嫿詞　癡公子杜撰芙蓉誄
第七十九回
薛文起悔娶河東吼　賈迎春悞嫁中山狼
第八十回

美香菱屈受貪夫棒　王道士胡謅妒婦方

第八十一回
占旺相四美釣游魚　奉嚴詞兩番入家塾

第八十二回
老學究講義警頑心　病瀟湘痴魂驚惡夢

第八十三回
省宮闈賈元妃染恙　鬧閨閫薛寶釵吞聲

第八十四回
試文字寶玉始提親　探驚風賈環重結怨

第八十五回
賈存周報陞郎中任　薛文起復惹放流刑

第八十六回
受私賄老官番案牘　寄閒情淑女解琴書

第八十七回
感秋聲撫琴悲往事　坐禪寂走火入邪魔

第八十八回
博庭歡寶玉讚孤兒　正家法賈珍鞭悍僕

第八十九回
人亡物在公子塡詞　蛇影盃弓顰卿絕粒

第九十回

失綿衣貧女耐嗷嘈　送菓品小郎驚叵測
第九十一回
縱淫心寶蟾工設計　布疑陣寶玉妄談禪
第九十二回
評女傳巧姐慕賢良　玩母珠賈政參聚散
第九十三回
甄家僕投靠賈家門　水月庵掀翻風月案
第九十四回
晏海棠賈母賞花妖　失寶玉通靈知奇禍
第九十五回
因訛成實元妃薨逝　以假混真寶玉瘋顛
第九十六回
瞞消息鳳姐設奇謀　洩機關顰兒迷本性
第九十七回
林黛玉焚稿斷痴情　薛寶釵出閨成大禮
第九十八回
苦絳珠魂歸離恨天　病神瑛淚灑相思地
第九十九回
守官箴惡奴同破例　閱邸報老舅自擔驚
第一百回

破好事香菱結深恨　悲遠嫁寶玉感離情
第一百一回
大觀園月夜警幽魂　散花寺神籤占異兆
第一百二回
寧國府骨肉病災祲　大觀園符水驅妖孽
第一百三回
施毒計金桂自焚身　昧真禪雨村空遇舊
第一百四回
醉金剛小鰍生大浪　痴公子餘痛觸前情
第一百五回
錦衣軍查抄寧國府　驄馬使彈劾平安州
第一百六回
王熙鳳致禍抱羞慚　賈太君禱天消灾患
第一百七回
散餘資賈母明大義　復世職政老沐天恩
第一百八回
強歡笑蘅蕪慶生辰　死纏綿瀟湘聞鬼哭
第一百九回
候芳魂五兒承錯愛　還孽債迎女返真元
第一百十回

史太君壽終歸地府　王鳳姐力詘失人心

第一百十一回
鴛鴦女殉主登太虛　狗彘奴欺天招夥盜

第一百十二回
活寃孽妙姑遭大劫　死讐仇趙妾赴冥曹

第一百十三回
懺宿寃鳳姐托村嫗　釋舊憾情婢感癡郎

第一百十四回
王熙鳳歷幻返金陵　甄應嘉蒙恩還玉闕

第一百十五回
惑偏私惜春矢素志　證同類寶玉失相知

第一百十六回
得通靈幻境悟仙緣　送慈柩故鄉全孝道

第一百十七回
阻超凡佳人雙護玉　欣聚黨惡子獨承家

第一百十八回
記微嫌舅兄欺弱女　驚謎語妻妾諫癡人

第一百十九回
中鄉魁寶玉却塵緣　沐皇恩賈家延世澤

第一百二十回

甄士隱詳說太虛情　賈雨村歸結紅樓夢

紅樓夢目錄終

紅樓夢第一回

甄士隱夢幻識通靈　賈雨村風塵懷閨秀

此開卷第一回也作者自云曾歷過一番夢幻之後故將真事隱去而借通靈說此石頭記一書也故曰甄士隱云云但書中所記何事何人自己又云今風塵碌碌一事無成忽念及當日所有之女子一一細考較去覺其行止見識皆出我之上我堂堂鬚眉誠不若彼裙釵我實愧則有餘悔又無益大無可如何之日也當此日欲將已往所賴天恩祖德錦衣紈袴之時飫甘饜肥之日背父兄教育之恩負師友規訓之德以致今日一技無成半生潦倒之罪編述一集以告天下知我之負罪固多然閨閣中歷歷有人萬不可因我之不肖自護己短一并使其泯滅也所以蓬牖茅椽繩床瓦竈並不足妨我襟懷況那晨風夕月堦柳庭花更覺得潤人筆墨我雖不學無文又何妨用假語村言敷演出來亦可使閨閣昭傳復可破一時之悶醒同人之目不亦宜乎故曰賈雨村云云更於篇中間用夢幻等字却是此書本旨兼寓提醒閱者之意看官你道此書從何而起說來雖近荒唐細玩頗有趣味却說那女媧氏煉石補天之時於大荒山無稽崖煉成高十二丈見方二十四丈大的頑石三萬六千五百零一塊那媧皇只用了三萬六千五百塊單單剩下一塊未用棄在青埂峯下誰知此石自經煅煉之後靈性已通自

去自來可大可小因見衆石俱得補天獨自已無才不得入選
遂自怨自愧日夜悲哀一日正當嗟悼之際俄見一僧一道遠遠
遠而來生得骨格不凡丰神迥異來到這青埂峯下席地坐談
見着這塊鮮瑩明潔的石頭且又縮成扇墜一般甚屬可愛那
僧托於掌上笑道形體倒也是個靈物了只是沒有實在的好
處須得再鐫上幾個字使人人見了便知你是件奇物然後攜
你到那昌明隆盛之邦詩禮簪纓之族花柳繁華地温柔富貴
鄉那裡去走一遭石頭聽了大喜因問不知可鐫何字攜到何
方望乞明示那僧笑道你且莫問日後自然明白說畢便袖了
同那道人飄然而去竟不知投向何方又不知過了幾世幾刼

因有個空空道人訪道求仙從這大荒山無稽崖青埂峰下經
過忽見一塊大石上面字跡分明編述歷歷空空道人乃從頭
一看原來是無才補天幻形入世被那茫茫大士渺渺真人攜
入紅塵引登彼岸的一塊頑石上面叙着墮落之鄉投胎之處
以及家庭瑣事閨閣閑情詩詞謎語倒還全備只是朝代年紀
失落無考後面又有一偈云

無才可去補蒼天　枉入紅塵若許年
此係身前身後事　倩誰記去作奇傳

空空道人看了一回曉得這石頭有些來歷遂向石頭說道石
兄你這一段故事據你自已說來有些趣味故鐫寫在此意欲

聞世傳奇據我看來第一件無朝代年紀可考第二件並無大賢大忠理朝廷治風俗的善政其中只不過幾個異樣女子或情或痴或小才微善我總然抄去也算不得一種奇書石頭果然答道我師何必太痴我想歷來野史的朝代無非假借漢唐的名色莫如我這石頭所記不借此套只按自己的事體情理反倒新鮮別致況且那野史中或訕謗君相或貶人妻女姦淫兇惡不可勝數更有一種風月筆墨其淫穢汚臭最易壞人子弟至於才子佳人等書則又開口文君滿篇子建千部一腔千人一面且終不能不涉淫濫在作者不過要寫出自己的兩首情詩艷賦來故假捏出男女二人名姓又必旁添一小人撥亂

其間如戲中的小丑一般更可厭者之乎者也非理即文大不近情自相矛盾竟不如我這半世親見親聞的幾個女子雖不敢說強似前代書中所有之人但觀其事跡原委亦可消愁破悶至於幾首歪詩也可以噴飯供酒其間離合悲歡興衰際遇俱是按迹循踪不敢稍加穿鑿至失其真只願世人當那醉餘睡醒之時或避事消愁之際把此一玩不但是洗舊翻新卻也省了些壽命筋力不更去謀虛逐妄了我師意為如何空空道人聽如此說思忖半晌將這石頭記再檢閱一遍因見上面大旨不過談情亦只是實錄其事絕無傷時誨淫之病方從頭至尾抄寫回來聞世傳奇從此空空道人因空見色由色生情傳

情入色自色悟空遂改名情僧改石頭記爲情僧錄東魯孔梅溪題曰風月寶鑑後因曹雪芹於悼紅軒中披閱十載增删五次纂成目錄分出章回又題曰金陵十二釵並題一絕即此便是石頭記的緣起詩云

滿紙荒唐言　一把辛酸淚
都云作者痴　誰解其中味

石頭記緣起既明正不知那石頭上面記著何人何事看官請聽按那石上書云當日地陷東南這東南有個姑蘇城城中閶門最是紅塵中一二等富貴風流之地這閶門外有個十里街街內有個仁清巷巷內有個古廟因地方狹窄人皆呼作葫蘆

廟廟傍住著一家鄉宦姓甄名費字士隱嫡妻封氏性情賢淑深明禮義家中雖不甚富貴然本地也推他爲望族了因這甄士隱禀性恬淡不以功名爲念每日只以觀花種竹酌酒吟詩爲樂倒是神仙一流人物只是一件不足年過半百膝下無兒只有一女乳名英蓮年方三歲一日炎夏永晝士隱于書房閒坐手倦拋書伏几盹睡不覺朦朧中走至一處不辨是何地方忽見那廂來了一僧一道且行且談只聽道人問道你攜了此物意欲何往那僧笑道你放心如今現有一段風流公案正該了結這一干風流冤家尚未投胎入世趁此机會就將此物夾帶於中使他去經歷經歷那道人道原來近日風流冤家又將

造劫歷世但不知起於何處落於何方那僧道此事說來好笑只因當年這個石頭媧皇未用自已却也落得逍遥自在各處去遊玩一日來到警幻仙子處那仙子知他有些來歷因留他在赤霞宮中名他爲赤霞宮神瑛侍者他却常在西方靈河岸上行走看見那靈河岸上三生石畔有棵絳珠仙草十分嬌娜可愛遂日以甘露灌溉這絳珠草始得久延歲月後来既受天地精華復得甘露滋養遂脫了草木之胎幻化人形僅僅修成女體終日遊於離恨天外饑餐秘情果渴飲灌愁水只因尚未酬報灌溉之德故甚至五內鬱結著一段纏綿不盡之意常說自已受了他雨露之惠我並無此水可還他若下世爲人我也

同去走一遭但把我一生所有的眼淚還他也還得過了因此一事就勾出多少風流冤家都要下凡造歷幻緣那絳珠仙草也在其中今日這石正該下世我来特地將他仍帶到警幻仙子案前給他掛了號同這些情鬼下凡一了此案那道人道果是好笑從來不聞有還淚之說趁此你我何不也下世度脫幾個豈不是一塲功德那僧道正合吾意你且同我到警幻仙子宮中將這蠢物交割清楚待這一干風流孽鬼下世你我再去如今有一半落塵然猶未全集道人道既如此便隨你去來却說甄士隱俱聽得明白遂不禁上前施禮笑問道二位仙師請了那僧道也忙答禮相問士隱因說道適聞仙師所談因果實

人世罕聞者但弟子愚拙不能洞悉明白若蒙大開癡頑俻細
一聞弟子洗耳諦聽稍能警省亦可免沉淪之苦了二仙笑道
此乃元機不可預洩到那時只不要忘了我二人便可跳出火
坑矣士隱聽了不便再問因笑道元機固不可洩露但適云蠢
物不知為何或可得見否那僧說若問此物倒有一面之緣說
着取出遞與士隱士隱接了看時原來是塊鮮明美玉上面字
蹟分明鐫着通靈寶玉四字後面還有幾行小字正欲細看時
那僧便說已到幻境就強從手中奪了去和那道人竟過了一
座大石牌坊上面大書四字乃是太虛幻境兩邊又有一副對
聯道

假作真時真亦假　無為有處有還無

隱士意欲也跟着過去方舉步時忽聽一聲霹靂若山崩地陷
士隱大叫一聲定睛看時只見烈日炎炎芭蕉冉冉夢中之事
便忘了一半又見奶母抱了英蓮走來士隱見女兒越發生得
粉裝玉琢乖覺可喜便伸手接來抱在懷中鬥他頑耍一回又
帶至街前看那過會的熱鬧方欲進來時只見從那邊來了一
僧一道那僧癩頭跣足那道跛足蓬頭瘋瘋癲癲揮霍談笑而
至及到了他門前看見士隱抱着英蓮那僧便大哭起來又向
士隱道施主你把這有命無運累及爹娘之物抱在懷內作甚
士隱聽了知是瘋話也不採他那僧還說捨我罷捨我罷士隱

不耐煩便抱着女兒轉身纔要進去那僧乃指着他大笑口內念了四句言詞道是

慣養嬌生笑你痴　菱花空對雪澌澌
好防佳節元宵後　便是烟消火滅時

士隱聽得明白心下猶豫意欲問他來歷只聽道人說道你我不必同行就此分手各幹營生去罷三刼後我在北邙山等你會齊了同往太虛幻境銷號那僧道最妙最妙說畢二人一去再不見個踪影了士隱心中此時自忖這兩個人必有來歷很該問他一問如今後悔却已晚了這士隱正在痴想忽見隔壁葫蘆廟內寄居的一個窮儒姓賈名化表字時飛別號雨村的走來這賈雨村原係湖州人氏也是詩書仕宦之族因他生於末世父母祖宗根基已盡人口衰喪只剩得他一身一口在家鄉無益因進京求取功名再整基業自前歲來此又淹蹇住了暫寄廟中安身每日賣文作字為生故士隱常與他交接當下雨村見了士隱忙施禮陪笑道老先生倚門佇望敢街市上有甚新聞麼士隱笑道非也適因小女啼哭引他出來作耍正是無聊的很賈兄來得正好請入小齋彼此俱可消此永晝說著便令人送女兒進去自携了雨村來至書房中小童獻茶方談得三五句話忽家人飛報嚴老爺來拜士隱慌忙起身謝道恕誑駕之罪且請略坐弟即來奉陪雨村起身也讓道老先生請

便晚生乃常造之客稍候何妨說着士隱已出前廳去了這裡雨村且翻弄詩籍解悶忽聽得窗外有女子嗽聲雨村遂起身往外一看原來是一個丫鬟在那裡掐花兒生的儀容不俗眉目清秀雖無十分姿色却也有動人之處雨村不覺看得呆了那甄家丫鬟掐了花兒方欲走時猛抬頭見窗內有人敝巾舊服雖是貧窘然生得腰圓背厚面闊口方更兼劍眉星眼直鼻方腮這丫鬟忙轉身迴避心下自想這人生的這樣雄壯却又這樣襤褸我家並無這樣貧窘親友想他定是主人常說的什麼賈雨村了怪道又說他必非久困之人每每有意幫助周濟他只是沒什麼機會如此一想不免又回頭一兩次雨村見他

回頭便以為這女子心中有意於他遂狂喜不禁自謂此女子必是個巨眼英豪風塵中之知己一時小童進來雨村打聽得前面留飯不可久待遂從夾道中自便門出去了士隱待客既散知雨村已去便也不去再邀一日到了中秋佳節士隱家宴已畢又另具一席於書房自己步月至廟中來邀雨村原來雨村自那日見了甄家丫鬟曾回顧他兩次自謂是個知己便時刻放在心上今又正值中秋不免對月有懷因而口占五言一律云

未卜三生願　頻添一段愁
悶來時斂額　行去幾回頭

自顧風前影　誰堪月下儔
蟾光如有意　先上玉人頭
雨村吟罷因又思及平生抱負苦未逢時乃又搔首對天長歎
復高吟一聯云
玉在匵中求善價　釵于奩內待時飛
恰値士隱走來聽見笑道雨村兄眞抱負不凡也雨村忙笑道
不敢不過偶吟前人之句何期過譽如此因問老先生何興至
此士隱笑道今夜中秋俗謂團圓之節想尊兄旅寄僧房不無
寂寥之感故特具小酌邀兄到敝齋一飲不知可納芹意否雨
村聽了並不推辭便笑道旣蒙謬愛何敢拂此盛情說著便同

士隱復過這邊書院中來了須臾茶畢早已設下盃盤那美酒
佳餚自不必說二人歸坐先是款酌慢飲漸次談至興濃不覺
飛觥獻斝起來當時街坊上家家簫管戶戶笙歌當頭一輪明
月飛彩凝輝二人愈添豪興酒到盃乾雨村此時已有七八分
酒意狂興不禁乃對月寓懷口占一絕云
時逢三五便團圞　滿把清光護玉欄
天上一輪纔捧出　人間萬姓仰頭看
士隱聽了大叫妙極弟每謂兄必非久居人下者今所吟之句
飛騰之兆已見不日可接履於雲霄之上了可賀可賀乃親斟
一斗爲賀雨村飲乾忽歎道非晚生酒後狂言若論時尚之學

晚生也或可去充數挂名只是如今行李路費一概無措神京路遠非賴賣字撰文即能到的士隱不待說完便道兄何不早言弟已久有此意但每遇兄時兄並未談及故未敢唐突今既如此弟雖不才義利二字却還識得且喜明歲正當大比兄宜作速入都春闈一捷方不負兄之所學其盤費餘事弟自代爲處置亦不枉兄之謬識矣當下即命小童進去速封五十兩白銀並兩套冬衣又云十九日乃黃道之期兄可即買舟西上待雄飛高舉明冬再晤豈非大快之事雨村收了銀衣不過略謝一語並不介意仍是吃酒談笑那天已交三鼓二人方散士隱送雨村去後回房一覺直至紅日三竿方醒因思昨夜之事意欲

寫薦書兩封與雨村帶至都中去使雨村投謁個仕宦之家爲寄身之地因使人過去請時那家人回來說和尚說賈爺今日五鼓已進京去了也曾留下話與和尚轉達老爺說讀書人不在黃道黑道總以事理爲要不及面辭了士隱聽了也只得罷了真是閒處光陰易過倏忽又是元宵佳節士隱令家人霍啟抱了英蓮去看社火花燈半夜中霍啟因要小解便將英蓮放在一家門檻上坐着待他小解完了來抱時那有英蓮的蹤影急的霍啟直尋了半夜至天明不見那霍啟也不敢回來見主人便逃往他鄉去了那士隱夫婦見女兒一夜不歸便知有些不好再使幾人去找尋回來皆云影響全無夫妻二人半世只

生此女一旦失去何等煩惱因此晝夜啼哭幾乎不顧性命看
看一月士隱已先得病夫人封氏也因思女搆疾日日請醫問
卦不想這日三月十五葫蘆廟中炸供那和尚不小心油鍋火
逸便燒着窗紙此方人家俱用竹籬木壁也是刼數應當如此
於是接二連三牽五掛四將一條街燒得如火焰山一般彼時
雖有軍民來救那火已成了勢了如何救得下直燒了一夜方
息也不知燒了多少人家只可憐甄家在隔壁早成了一堆瓦
礫場了只有他夫婦並幾個家人的性命不曾傷了急的士隱
惟跌足長歎而已與妻子商議且到田庄上去住偏值近年水
旱不收賊盜蜂起官兵剿捕田庄上又難以安身只得將田地

都折變了攜了妻子與兩個丫鬟投他岳丈家去他岳丈名喚
封肅本貫大如州人氏雖是務農家中都還殷實今見女壻這
等狼狽而來心中便有些不樂幸而士隱還有折變田產的銀
子在身邊拿出來託他隨便置買些房地以為後日衣食之計
那封肅便半用半賺的略與他些薄田破屋士隱乃讀書之人
不慣生理稼穡等事勉強支持了一二年越發窮了封肅見面
時便說些現成話兒且人前人後又怨他不會過只一味好吃
懶做士隱知道了心中未免悔恨再兼上年驚唬急忿怨痛暮
年之人那禁得貧病交攻竟漸漸的露出了那下世的光景來
可巧這日拄了拐扎挣到街前散散心時忽見那邊來了一個

跛足道人瘋狂落拓蔴鞋鶉衣口內念着幾句言詞道

世人都曉神仙好　惟有功名忘不了
古今將相在何方　荒塚一堆草沒了
世人都曉神仙好　只有金銀忘不了
終朝只恨聚無多　及到多時眼閉了
世人都曉神仙好　只有姣妻忘不了
君生日日說恩情　君死又隨人去了
世人都曉神仙好　只有兒孫忘不了
痴心父母古來多　孝順子孫誰見了

士隱聽了便迎上來道你滿口說些什麼只聽見些好了好了那道人笑道你若果聽見好了二字還算你明白可知世上萬般好便是了了便是好若不了便不好若要好須是了我這歌兒便叫好了歌士隱本是有夙慧的一聞此言心中早已悟徹因笑道且住待我將你這好了歌註解出來何如道人笑道你就請解士隱乃說道

陋室空堂當年笏滿牀衰草枯楊曾為歌舞塲蛛絲兒結滿雕梁綠紗今又在蓬窻上說甚麼脂正濃粉正香如何兩鬢又成霜昨日黃土隴頭埋白骨今宵紅綃帳底臥鴛鴦金滿箱銀滿箱轉眼乞丐人皆謗正歎他人命不長那知自已歸來喪訓有方保不定日後作强梁擇膏粱誰承

望流落在煙花巷因嫌紗帽小致使鎖枷扛昨憐破襖寒
今嫌紫蟒長亂烘烘你方唱罷我登場反認他鄉是故鄉
甚荒唐到頭來都是為他人作嫁衣裳
那瘋跛道人聽了拍掌大笑道解得切解得切士隱便說一聲
走罷將道人肩上的搭褳搶過來背上竟不回家同著瘋道人
飄飄而去當下哄動街坊眾人當作一件新聞傳說封氏聞知
此信哭個死去活來只得與父親商議遣人各處訪尋那討音
信無奈何只得依靠着他父母度日幸而身邊還有兩個舊日
的丫鬟伏侍主僕三人日夜作些針線幫著父親用度那封肅
雖然每日抱怨也無可奈何了這日那甄家的大丫鬟在門前

買線忽聽得街上喝道之聲眾人都說新太爺到任了丫鬟隱
在門內看時只見軍牢快手一對一對過去俄而大轎內抬著
一個烏帽猩袍的官府來了那丫鬟倒發了個怔自思這官兒
好面善倒像在那裡見過的於是進入房中也就丟過不在心
上至晚間正待歇息之時忽聽一片聲打的門響許多人亂嚷
說本縣太爺的差人來傳人問話封肅聽了唬得目瞪口呆不
知有何禍事且聽下回分解

紅樓夢第一回終

紅樓夢第二回

賈夫人仙逝揚州城　冷子興演說榮國府

却說封肅聽見公差傳喚忙出來陪笑啟問那些人只嚷快請出甄爺來封肅忙陪笑道小人姓封並不姓甄只有當日小婿姓甄今已出家一二年了不知可是問他那些公人道我們也不知什麽眞假既是你的女婿就帶了你去面禀太爺便了大家把封肅推擁而去封家各各驚慌不知何事至二更時分封肅方回來衆人忙問端的原來新任太爺姓賈名化本湖州人氏曾與女婿舊交因在我家門首看見嬌杏丫頭買線只說女婿移住此間所以來傳我將緣故回明那太爺感傷歎息了一回又問外孫女兒我說看燈丢了太爺說不妨待我差人去務必找尋回來說了一回話臨走又送我二兩銀子甄家娘子聽了不覺感傷一夜無話次日早有雨村遣人送了兩封銀子四疋錦緞答謝甄家娘子又一封密書與封肅託他向甄家娘子要那嬌杏作二房封肅喜得眉開眼笑巴不得去奉承太爺便在女兒前一力攛掇當夜用一乘小轎便把嬌杏送進衙內去了雨村歡喜自不必言又封百金贈與封肅又送甄家娘子許多禮物令其且自過活以待訪尋女兒下落却說嬌杏那丫頭便是當年回顧雨村的因偶然一看便弄出這段奇緣也是意想不到之事誰知他命運兩濟不承望自到雨村身邊只一年

便生一子又半載雨村嫡配忽染疾下世雨村便將他扶作正室夫人正是

偶因一回顧　　便爲人上人

原來雨村因那年士隱贈銀之後他於十六日便起身赴京大比之期十分得意中了進士選入外班今已陞了本縣太爺雖才幹優長未免貪酷且恃才侮上那同寅皆側目而視不上一年便被上司參了一本說他貌似有才性實狡猾又題了一兩件狗庇蠧役交結鄉紳之事龍顏大怒卽命革職部文一到本府各官無不喜悅那雨村雖十分慚恨面上卻全無一點怨色仍是嘻笑自若交代過了公事將歷年所積的宦囊並家屬人

等送至原籍安頓妥當了卻自己擔風袖月遊覽天下勝蹟那日偶又遊至維揚地方聞得今年鹽政點的是林如海這林如海姓林名海表字如海乃是前科的探花今已陞蘭臺寺大夫本貫姑蘇人氏今欽點爲巡鹽御史到任未久原來這林如海之祖也曾襲過列侯的今到如海業經五世起初只襲三世因當今隆恩盛德額外加恩至如海之父又襲了一代到了如海便從科第出身雖係世祿之家卻是書香之族只可惜這林家支庶不盛人丁有限雖有幾門卻與如海俱是堂族沒甚親支嫡派的今如海年已五十只有一個三歲之子又于去歲亡了雖有幾房姬妾奈命中無子亦無可如何之事只嫡妻賈氏生

得一女乳名黛玉年方五歲夫妻愛之如掌上明珠見他生得聰明俊秀也欲使他識幾個字不過假充養子聊解膝下荒涼之歎且說賈雨村在旅店偶感風寒愈後又因盤費不繼正欲得一個居停之所以爲息肩之地偶遇兩個舊友認得新鹽政知他正要請一西席教訓女兒遂將雨村薦進衙門去這女學生年紀幼小身體又弱工課不限多寡其餘不過兩個伴讀丫鬟故雨村十分省力正好養病看看又是一載有餘不料女學生之母賈氏夫人一病而亡女學生奉侍湯藥守喪盡禮過于哀痛素本怯弱因此舊病復發有好些時不曾上學雨村閒居無聊每當風日晴和飯後便出來閒步這一日偶至郊外意欲賞鑒那村野風光信步至一山環水漩茂林修竹之處隱隱有座廟宇門巷傾頹墻垣剥落有額題曰智通寺門傍又有一副舊破的對聯云

身後有餘忘縮手　眼前無路想回頭

雨村看了因想道這兩句文雖甚淺其意則深也曾遊過些名山大刹倒不曾見過這話頭其中想必有個翻過筋斗来的也未可知何不進去一訪走入看時只有一個龍鍾老僧在那裡煑粥雨村見了却不在意及至問他兩句話那老僧既聾且昏又齒落舌鈍所答非所問雨村不耐煩仍退出來意欲到那村肆中沽飲三盃以助野趣於是移步行来剛入肆門只見座上

吃酒之客有一人起身大笑接了出來口內說奇遇奇遇雨村忙看時此人是都中古董行中貿易姓冷號子興的舊日在都相識雨村最讚這冷子興是個有作為大本領的人這子興又借雨村斯文之名故二人最相投契雨村忙亦笑問老兄何日到此弟竟不知今日偶遇真奇緣也子興道去年歲底到家今因還要入都從此順路找個敝友說一句話承他的情留我多住兩日我也無甚緊事且盤桓兩日待月半時也就起身了今日敝友有事我因閒走到此不期這樣巧遇一面說一面讓雨村同席坐了另整上酒肴來二人閒談慢飲敘些別後之事雨村因問近日都中可有新聞沒有子興道倒沒有什麼新聞倒

是老先生的貴同宗家出了一件小小的異事雨村笑道弟族中無人在都何談及此子興笑道你們同姓豈非一族雨村問是誰家子興笑道榮國賈府中可也不玷辱老先生的門楣了雨村道原來是他家若論起來寒族人丁却自不少東漢賈復以來支派繁盛各省皆有誰能逐細考查若論榮國一支却是同譜但他那等榮耀我們不便去認他故越發生疏了子興歎道老先生休這樣說如今的這榮寧兩府也都蕭索了不比先時的光景雨村道當日寧榮兩宅人口也極多如何便蕭索了呢子興道正是說來也話長雨村道去歲我到金陵時因欲遊覽六朝遺蹟那日進了石頭城從他宅門前經過街東是寧國

府街西是榮國府二宅相連竟將大半條街占了大門外雖冷落無人隔着圍墻一望裡面廳殿樓閣也還都崢嶸軒峻就是後邊一帶花園裡樹木山石也都還有葱蔚洇潤之氣那裡像個衰敗之家子興笑道虧你是進士出身原來不通古人有言百足之蟲死而不僵如今雖說不似先年那樣興盛較之平常仕宦人家到底氣象不同如今人口日多事務日盛主僕上下都是安富尊榮運籌謀畫的竟無一個那日用排場又不能將就省儉如今外面的架子雖沒很倒內囊却也盡上來了這也是小事更有一件大事誰知這樣鐘鳴鼎食的人家兒如今養的兒孫竟一代不如一代了雨村聽說也道這樣詩禮之家豈有不善教育之理別門不知只說這寧榮兩宅是最教子有方的何至如此子興歎道正說的是這兩門呢等我告訴你當日寧國公是一母同胞弟兄兩個寧公居長生了兩個兒子寧公死後長子賈代化襲了官也養了兩個兒子長子名賈敷八九歲上死了只剩了一個次子賈敬襲了官如今一味好道只愛燒丹煉汞別事一槩不管幸而早年留下一個兒子名喚賈珍因他父親一心想作神仙把官倒讓他襲了他父親又不肯住在家裡只在都中城外和那些道士們胡羼這位珍爺也生了一個兒子今年纔十六歲名叫賈蓉如今敬老爺不管事了這珍爺那裡幹正事只一味高樂不了把那寧國府竟翻過來了

也沒有敢來管他的人再說榮府你聽方纔所說異事就出在這裡自榮公死後長子賈代善襲了官娶的是金陵世家史侯的小姐爲妻生了兩個兒子長名賈赦次名賈政如今代善早已去世太夫人尚在長子賈赦襲了官爲人却也中平也不管理家事惟有次子賈政自幼酷喜讀書爲人端方正直祖父鍾愛原要他從科甲出身不料代善臨終遺本一上皇上憐念先臣即時長子襲了官又問還有幾個兒子立刻引見又將這政老爺賜了個額外主事職銜叫他入部習學如今現已陞了員外郎這政老爺的夫人王氏頭胎生的公子名叫賈珠十四歲進學後來娶了妻生了子不到二十歲一病就死了第二胎生

了一位小姐生在大年初一就奇了不想隔了十幾年又生了一位公子說來更奇一落胞胎嘴裡便啣下一塊五彩晶瑩的玉來還有許多字跡你道是新聞不是雨村笑道果然奇異只怕這人的來歷不小子興冷笑道萬人都這樣說因而他祖母愛如珍寶那週歲時政老爺試他將來的志向便將世上所有的東西擺了無數叫他抓誰知他一概不取伸手只把些脂粉釵環抓來玩弄那政老爺便不喜歡說將來不過酒色之徒因此不甚愛惜獨那太君還是命根子一般說來又奇如今長了十來歲雖然淘氣異常但聰明乖覺百個不及他一個說起孩子話來也奇他說女兒是水做的骨肉男人是泥做的骨肉我

見了女兒便清爽見了男子便覺濁臭逼人你道好笑不好笑
將來色鬼無疑了雨村罕然厲色道非也可惜你們不知道這
人的來歷大約政老前輩也錯以淫魔色鬼看待了若非多讀
書識事加以致知格物之功悟道參元之力者不能知也子興
見他說得這樣重大忙請教其故雨村道天地生人除大仁大
惡餘者皆無大異若大仁者則應運而生大惡者則應劫而生
運生世治劫生世危堯舜禹湯文武周召孔孟董韓周程朱張
皆應運而生者蚩尤共工桀紂始皇王莽曹操桓溫安祿山秦
檜等皆應劫而生者大仁者修治天下大惡者擾亂天下清明
靈秀天地之正氣仁者之所秉也殘忍乖僻天地之邪氣惡者

之所秉也今當祚永運隆之日太平無為之世清明靈秀之氣
所秉者上自朝廷下至草野比比皆是所餘之秀氣漫無所歸
遂為甘露為和風洽然溉及四海彼殘忍乖邪之氣不能蕩溢
於光天化日之下遂凝結充塞於深溝大壑之中偶因風蕩或
被雲摧略有搖動感發之意一絲半縷悞而逸出者值靈秀之
氣適過正不容邪邪復妒正兩不相下如風水雷電地中既遇
既不能消又不能讓必致搏擊掀發既然發洩那邪氣亦必賦
之於人假使或男或女偶秉此氣而生者上則不能為仁人為
君子下亦不能為大凶大惡置之千萬人之中其聰俊靈秀之
氣則在千萬人之上其乖僻邪謬不近人情之態又在千萬人

之下若生於公侯富貴之家則爲情痴情種若生於詩書清貧之族則爲逸士高人縱然生於薄祚寒門甚至爲奇優爲名娼亦斷不至爲走卒健僕甘遭庸夫驅制如前之許由陶潛阮籍嵇康劉伶王謝二族顧虎頭陳後主唐明皇宋徽宗劉庭芝溫飛卿米南宮石曼卿柳耆卿秦少游近日倪雲林唐伯虎祝枝山再如李龜年黃旛綽敬新磨卓文君紅拂薛濤崔鶯朝雲之流此皆易地則同之人也子興道依你說成則公侯敗則賊了

雨村道正是這意你還不知我自革職以來這兩年遍遊各省也曾遇見兩個異樣孩子所以方纔你一說這寶玉我就猜着了八九也是這一派人物不用遠說只這金陵城內欽差金陵

省體仁院總裁甄家你可知道子興道誰人不知這甄府就是賈府老親他們兩家來往極親熱的就是我也和他家往來非止一日了雨村笑道去歲我在金陵也曾有人薦我到甄府處館我進去看其光景誰知他家那等榮貴却是個富而好禮之家倒是個難得之館但是這個學生雖是啟蒙却比一個舉業的還勞神說起來更可笑他說必得兩個女兒陪着我讀書我方能認得字心上也明白不然我心裡自己糊塗又常對着跟他的小廝們說這女兒兩個字極尊貴極清淨的比那瑞獸珍禽奇花異草更覺希罕尊貴呢你們這種濁口臭舌萬萬不可唐突了這兩個字要緊要緊但凡要說的時節必用凈水香茶

嗽了口方可設若失錯便要鑿牙穿眼的其暴虐頑劣種種異常只放了學進去見了那些女兒們其溫厚和平聰敏文雅竟變了一個樣子因此他令尊也曾下死笞楚過幾次竟不能改每打的吃疼不過時他便姐姐妹妹的亂叫起來後來聽得裡面女兒們拿他取笑因何打急了只管叫姐妹作什麼莫不叫姐妹們去討情討饒你豈不愧些他回答的最妙他說急痛之時只叫姐姐妹妹字樣或可解疼也未可知因叫了一聲果覺疼得好些遂得了秘法每疼痛之極便連叫姐妹起來了你說可笑不可笑為他祖母溺愛不明每因孫辱師責子我所以辭了館出來的這等子弟必不能守祖父基業從師友規勸的只

可惜他家幾個好姊妹都是少有的子與道便是賈府中現在三個也不錯政老爺的長女名元春因賢孝才德選入宮作女史去了二小姐乃是赦老爺姨娘所出名迎春三小姐政老爺庶出名探春四小姐乃寧府珍爺的胞妹名惜春因史老夫人極愛孫女都跟在祖母這邊一處讀書聽得個個不錯雨村道更妙在甄家風俗女兒之名亦皆從男子之名不似別人家裡另外用這些春紅香玉等艷字何得賈府亦落此俗套子與道不然只因現今大小姐是正月初一所生故名元春餘者都從了春字上一排的也是從弟兄而來的現有對証目今你貴東家林公的夫人即榮府中赦政二公的胞妹在家時名字與

賈敏不信時你回去細訪可知雨村拍手笑道是極我這女學生名叫黛玉他讀書凡敏字他皆念作密字寫字遇着敏字亦減一二筆我心中每每疑惑今聽你說是為此無疑矣怪道我這女學生言語舉止另是一樣不與凡女子相同度其母不凡故生此女今知為榮府之外孫又不足罕矣可惜上月其母竟亡故了子興歎道老姊妹三個這是極小的又沒了長一輩的姊妹一個也沒了只看這小一輩的將來的東床何如呢雨村道正是方纔說政公已有了一個啣玉之子又有長子所遺弱孫這赦老竟無一個不成子興道政公既有玉兒之後其妾又生了一個倒不知其好歹只眼前現有二子一孫却不知將來

何如若問那赦老爺也有一子名叫賈璉今已二十多歲了親上做親娶的是政老爺夫人王氏內姪女今已娶了四五年這位璉爺身上現捐了個同知也是不喜正務的于世路上好機變言談去得所以目今現在乃叔政老爺家住幫着料理家務誰知自娶了這位奶奶之後倒上下無人不稱頌他的夫人璉爺倒退了一舍之地模樣又極標緻言談又爽利心機又極深細竟是個男人萬不及一的雨村聽了笑道可知我言不謬了你我方纔所說的這幾個人只怕都是那正邪兩賦而來一路之人未可知也子興道正也罷邪也罷只顧算別人家的賬你也吃一杯酒纔好雨村道只顧說話就多吃了幾杯子興笑道

說着别人家的閒話正好下酒即多吃幾杯何妨雨村向窗外看道天也晚了仔細關了城我們慢慢進城再談未爲不可于是二人起身算還酒錢方欲走時忽聽得後面有人叫道雨村兄恭喜了特來報個喜信的雨村忙囘頭看時要知是誰且聽下囘分解

紅樓夢第二囘終

紅夢樓第三回

托內兄如海薦西賓　接外孫賈母惜孤女

却說雨村忙回頭看時不是別人乃是當日同僚一案參革的張如圭他係此地人革後家居今打聽得都中奏准起復舊員之信他便四下裡尋情找門路忽遇見雨村故忙道喜二人見了禮張如圭便將此信告知雨村雨村歡喜忙忙叙了兩句各自別去回家冷子興聽得此言便忙獻計令雨村央求林如海轉向都中去央煩賈政雨村領其意而別回至館中忙尋邸報看真確了次日面謀之如海如海道天緣湊巧因賤荊去世都中家岳母念及小女無人依傍前已遣了男女船隻來接因小

女未曾大痊故尚未行此刻正思送女進京因向蒙教訓之恩未經酬報遇此機會豈有不盡心圖報之理弟已預籌之修下荐書一封托內兄務爲周全方可稍盡弟之鄙誠即有所費弟於內家信中寫明不勞吾兄多慮雨村一面打恭謝不釋口一面又問不知令親大人現居何職只怕晚生草率不敢進謁如海笑道若論舍親與尊兄猶係一家乃榮公之孫大內兄現襲一等將軍之職名赦字恩侯二內兄名政字存周現任工部員外郎其爲人謙恭厚道大有祖父遺風非膏粱輕薄之流故弟致書煩托否則不但有汚尊兄淸操即弟亦不屑爲矣雨村聽了心下方信了昨日子興之言於是又謝了林如海如海又說

擇了出月初二日小女入都吾兄即同路而往豈不兩便雨村唯唯聽命心中十分得意如海遂打點禮物並餞行之事雨村一一領了那女學生原不忍離親而去無奈他外祖母必欲其往且兼如海說汝父年已半百再無續室之意且汝多病年又極小上無親母教養下無姊妹扶持今去依傍外祖母及舅氏姊妹正好減我內顧之憂如何不去黛玉聽了方灑淚拜別隨了奶娘及榮府中幾個老婦登舟而去雨村另有船隻帶了兩個小童依附黛玉而行一日到了京都雨村先整了衣冠帶著童僕拿了宗姪的名帖至榮府門上投了彼時賈政已看了妹丈之書即忙請入相會見雨村像貌魁偉言談不俗且這賈政

最喜的是讀書人禮賢下士拯溺救危大有祖風況又係妹丈致意因此優待雨村更又不同便極力帮助題奏之日謀了一箇復職不上兩月便選了金陵應天府辭了賈政擇日到任去了不在話下且說黛玉自那日棄舟登岸時便有榮府打發轎子並拉行李車輛伺候這黛玉嘗聽得母親說他外祖母家與別人家不同他近日所見的這幾箇三等的僕婦吃穿用度已是不凡何況今至其家都要步步留心時時在意不要多說一句話不可多行一步路恐被人耻笑了去自上了轎進了城從紗窗中瞧了一瞧其街市之繁華人烟之阜盛自非別處可比又行了半日忽見街北蹲着兩個大石獅子三間獸頭大門門

前列坐着十來個華冠麗服之人正門不開只東西兩角門有人出入正門之上有一匾匾上大書勅造寧國府五個大字黛玉想道這是外祖的長房了又往西不遠照樣也是三間大門方是榮國府却不進正門只由西角門而進轎子擡着走了一箭之遠將轉灣時便歇了轎後面的婆子也都下來了另換了四個眉目秀潔的十七八歲的小厮上來抬著轎子衆婆子步下跟隨至一垂花門前落下那小厮俱肅然退出衆婆子上前打起轎簾扶黛玉下了轎黛玉扶着婆子的手進了垂花門兩邊是超手遊廊正中是穿堂當地放着一箇紫檀架子大理石屏風轉過屏風小小三間廳房廳後便是正房大院正面五間上房皆是雕梁畫棟兩邊穿山遊廊廂房掛着各色鸚鵡畫眉等雀鳥台階上坐着幾個穿紅着綠的丫頭一見他們來了都笑迎上來道剛纔老太太還念誦呢可巧就來了於是三四人爭着打簾子一面聽得人說林姑娘來了黛玉方進房只見兩個人扶著一位鬢髮如銀的老母迎上來黛玉知是外祖母了正欲下拜早被外祖母抱住摟入懷中心肝兒肉叫着大哭起來當下侍立之人無不下淚黛玉也哭箇不休衆人慢慢解勸那黛玉方拜見了外祖母賈母方一一指與黛玉道這是你大舅母這是二舅母這是你先前珠大哥的媳婦珠大嫂子黛玉一一拜見賈母又叫請姑娘們今日遠客來了可以不必上學

去眾人答應了一聲便去了兩個不一時只見三個奶媽並五六個丫鬟擁着三位姑娘來了第一個肌膚微豐身才合中腮凝新荔鼻膩鵝脂溫柔沉默觀之可親第二個削肩細腰長挑身才鴨蛋臉兒俊眼修眉顧盼神飛文彩精華見之忘俗第三個身量未足形容尚小其釵環裙襖三人皆是一樣的粧束黛玉忙起身迎上來見禮互相厮認歸了坐位丫鬟送上茶來不過敘些黛玉之母如何得病如何請醫服藥如何送死發喪不免賈母又傷感起來因說我這些女孩兒所疼的獨有你母親今一旦先我而亡不得見面怎不傷心說著携了黛玉的手又哭起來眾人都忙相勸慰方略略止住眾人見黛玉年紀雖小

其舉止言談不俗身體面貌雖弱不勝衣却有一段風流態度便知他有不足之症因問常服何藥為何不治好了黛玉道我自來如此從會吃飯時便吃藥到如今了經過多少名醫總未見效那一年我纔三歲記得來了一個癩頭和尚說要化我去出家我父母自是不從他又說既捨不得他但只怕他的病一生也不能好的若要好時除非從此以後總不許見哭聲除父母之外凡有外親一槩不見方可平安了此一生這和尚瘋瘋癲癲說了這些不經之談也沒人理他如今還是吃人參養榮丸賈母道這正好我這裡正配丸藥呢叫他們多配一料就是了一語未完只聽後院中有笑語聲說我來遲了沒得迎接遠

客黛玉思忖道這些人個個皆歛聲屏氣如此這來者是誰這樣放誕無禮心下想時只見一羣媳婦丫鬟擁着一個麗人從後房進來這個人打扮與姑娘們不同彩繡輝煌恍若神妃仙子頭上戴着金絲八寶攢珠髻綰着朝陽五鳳掛珠釵項上戴着赤金盤螭瓔珞圈身上穿着縷金百蝶穿花大紅雲緞窄褙襖外罩五彩刻絲石青銀鼠褂下着翡翠撒花洋縐裙一雙丹鳳三角眼兩灣柳葉掉梢眉身量苗條體格風騷粉面含春威不露丹唇未啟笑先聞黛玉連忙起身接見賈母笑道你不認得他他是我們這裡有名的一個潑辣貨南京所謂辣子你只叫他鳳辣子就是了黛玉正不知以何稱呼衆姊妹都忙告訴

黛玉道這是璉二嫂子黛玉雖不曾識面聽見他母親說過大舅賈赦之子賈璉娶的就是二舅母王氏的內姪女自幼假充男兒教養學名叫做王熙鳳黛玉忙陪笑見禮以嫂呼之這熙鳳攜著黛玉的手上下細細打量一回便仍送至賈母身邊坐下因笑道天下真有這樣標緻人兒我今日纔算看見了況且這通身的氣派竟不像老祖宗的外孫女兒竟是嫡親的孫女兒是的怨不得老祖宗天天嘴裡心裡放不下只可憐我這妹妹這麼命苦怎麼姑媽偏就去世了呢說着便用帕拭淚賈母笑道我纔好了你又來招我你妹妹遠路纔來身子又弱也纔勸住了快別再題了熙鳳聽了忙轉悲爲喜道正是呢我一見

了妹妹一心都在他身上又是喜歡又是傷心竟忘了老祖宗了該打該打又忙拉着黛玉的手問道妹妹幾歲了可也上過學現吃什麼藥在這裡別想家要什麼吃的什麼頑的只管告訴我丫頭老婆們不好也只管告訴我黛玉一一答應一面熙鳳又問人林姑娘的東西可搬進來了帶了幾個人來你們趕早打掃兩間屋子叫他們歇歇兒去說話時已擺了菓茶上來熙鳳親自佈讓又見二舅母問他月錢放完了沒有熙鳳道放完了剛纔帶了人到後樓上找緞子找了半日也沒見昨兒太太說的那個想必太太記錯了王夫人道有沒有什麼要緊因又說道該隨手拿出兩個來給你這妹妹裁衣裳啊等晚上想

着再叫人去拿罷熙鳳道我倒先料着了知道妹妹這兩日必到我已經預備下了等太太回去過了目好送來王夫人一笑點頭不語當下茶菓已撤賈母命兩個老嬤嬤帶黛玉去見兩個舅舅去維時賈赦之妻邢氏忙起身笑回道我帶了外甥女兒過去到底便宜些賈母笑道正是呢你也去罷不必過來了邢夫人答應了遂帶着黛玉和王夫人作辭大家送至穿堂垂花門前早有衆小厮拉過一輛翠幄清油車來邢夫人攜了黛玉坐上衆老婆們放下車簾方命小厮們抬起拉至寬處駕上馴騾出了西角門往東過榮府正門入一黑油漆大門內至儀門前方下了車邢夫人挽着黛玉的手進入院中黛玉度其

處必是榮府中之花園隔斷過來的進入三層儀門果見正房廂房遊廊悉皆小巧别緻不似那邉的軒峻壯麗且院中隨處之樹木山石皆好及進入正室早有許多艷粧麗服之姬妾丫鬟迎着邢夫人讓黛玉坐了一面令人到外書房中請賈赦一時回來說老爺說了連日身上不好見了姑娘彼此傷心暫且不忍相見勸姑娘不必傷懷想家跟着老太太和舅母是和家裡一樣的姐妹們雖拙大家一處作伴也可以解些煩悶或有委屈之處只管說别外道了纔是黛玉忙站起身來一一答應了再坐一刻便告辭邢夫人苦留吃過飯去黛玉笑回道舅母愛惜賜飯原不應辭只是還要過去拜見二舅舅恐去遲了不

恭異日再領望舅母容諒邢夫人道這也罷了遂命兩個嬤嬤用方纔坐來的車送過去於是黛玉告辭邢夫人送至儀門前又囑咐了衆人幾句眼看着車去了方回來一時黛玉進入榮府下了車只見一條大甬路直接出大門來衆嬤嬤引着便往東轉灣走過一座東西穿堂向南大廳之後儀門內大院落上面五間大正房兩邊廂房鹿頂耳門鑽山四通八達軒昂壯麗比各處不同黛玉便知這方是正內室進入堂屋抬頭迎面先見一個赤金九龍青地大匾匾上寫着斗大三個字是榮禧堂後有一行小字某年月日書賜榮國公賈源又有萬幾宸翰之寶大紫檀雕螭案上設著三尺多高青綠古銅鼎懸着待漏隨

朝墨龍大畫一邊是鏨金彝一邊是玻璃盆地下兩溜十六張
楠木圈椅又有一副對聯乃是烏木聯牌鑲着鏨金字跡道是

座上珠璣昭日月　堂前黼黻煥烟霞

下面一行小字是世教弟勳襲東安郡王穆蒔拜手書原來王
夫人時常居坐宴息也不在這正室中只在東邊的三間耳房
內於是嬷嬷們引黛玉進東房門來臨窗大炕上鋪着猩紅洋
毯正面設着大紅金錢蟒引枕秋香色金錢蟒大條褥兩邊設
一對梅花式洋漆小几左邊几上擺着文王鼎鼎傍匙筯香盒
右邊几上擺着汝窰美人觚裡面插著時鮮花草地下面西一
溜四張大椅都搭著銀紅撒花椅搭底下四副脚踏兩邊又有

一對高几几上茗碗瓶花俱備其餘陳設不必細說老嬷嬷讓
黛玉上炕坐炕沿上却也有兩個錦褥對設黛玉度其位次便
不上炕只就東邊椅上坐了本房的丫鬟忙捧上茶來黛玉一
面吃了打量這些丫鬟們粧飾衣裙舉止行動果與別家不同
茶未吃了只見一個穿紅綾襖青紬掐牙背心的一個丫鬟走
來笑道太太說請林姑娘到那邊坐罷老嬷嬷聽了于是又引
黛玉出來到了東南三間小正房內正面炕上橫設一張炕桌
上面堆着書籍茶具靠東壁面西設著半舊的青緞靠背引枕
王夫人却坐在西邊下首亦是半舊青緞靠背坐褥見黛玉來
了便往東讓黛玉心中料定這是賈政之位因見挨炕一溜三

張椅子上也搭着半舊的彈花椅袱黛玉便向椅上坐了王夫人再三讓他上炕他方挨王夫人坐下王夫人因說你舅舅今日齋戒去了再見罷只是有句話囑咐你你三個姊妹倒都極好以後一處念書認字學針線或偶一頑笑都有個儘讓的我就只一件不放心我有一個孽根禍胎是家裡的混世魔王今日因往廟裡還願去尚未回來晚上你看見就知道了你以後總不用理會他你這些姐姐妹妹都不敢沾惹他的黛玉素聞母親說過有個內姪乃啣玉而生頑劣異常不喜讀書最喜在內幃廝混外祖母又溺愛無人敢管今見王夫人所說便知是這位表兄一面陪笑道舅母所說可是啣玉而生的在家時

記得母親常說這位哥哥比我大一歲小名就叫寶玉性雖憨頑說待姊妹們却是極好的況我來了自然和姊妹們一處弟兄們是另院別房豈有沾惹之理王夫人笑道你不知道原故他和別人不同自幼因老太太疼愛原係和姊妹們一處嬌養慣了的若姐妹們不理他他倒還安靜些若一日姐妹們和他多說了一句話他心上一喜便生出許多事來所以囑咐你別理會他他嘴裡一時甜言蜜語一時有天沒日瘋瘋傻傻只休信他黛玉一一的都答應着忽見一個丫鬟來說老太太那裡傳晚飯了王夫人忙攜了黛玉出後房門由後廊往西出了角門是一条南北甬路南邊是倒座三間小小抱厦廳北邊立着

一個粉油大影壁後有一個半大門小小一所房屋王夫人笑指向黛玉道這是你鳳姐姐的屋子回來你好往這裡找他去少什麽東西只管和他說就是了這院門上也有幾個纔總角的小厮都垂手侍立王夫人遂携黛玉穿過一箇東西穿堂便是賈母的後院了于是進入後房門已有許多人在此伺候見王夫人來方安設桌椅賈珠之妻李氏捧盃熙鳳安筯王夫人進羹賈母正面榻上獨坐兩旁四張空椅熙鳳忙拉黛玉在左邊第一張椅子上坐下黛玉十分推讓賈母笑道你舅母和嫂子們是不在這裡吃飯的你是客原該這麽坐黛玉方告了坐就坐了賈母命王夫人也坐了迎春姊妹三個告了坐方上來

迎春坐右手第一探春左第二惜春右第二旁邊丫鬟執着拂麈漱盂巾帕李紈鳳姐立于案旁佈讓外間伺候的媳婦丫鬟雖多却連一聲咳嗽不聞飯畢各各有丫鬟用小茶盤捧上茶來當日林家教女以惜福養身每飯後必過片時方吃茶不傷脾胃今黛玉見了這裡許多規矩不似家中也只得隨和些接了茶又有人捧過漱盂來黛玉也漱了口又盥手畢然後又捧上茶來這方是吃的茶賈母便說你們去罷讓我們自在說說話兒王夫人遂起身又說了兩句閒話兒方引李鳳二人去了賈母因問黛玉念何書黛玉道剛念了四書黛玉又問姊妹們讀何書賈母道讀什麽書不過認幾個字罷了一語未了只聽

外面一陣脚步响丫鬟進來報道寶玉來了黛玉心想這個寶玉不知是怎樣個憊懶人呢及至進來一看却是位青年公子頭上戴着束髮嵌寶紫金冠齊眉勒着二龍戲珠金抹額一件二色金百蝶穿花大紅箭袖束着五彩絲攢花結長穗宮縧外罩石青起花八團倭緞排穗褂登着青緞粉底小朝靴面若中秋之月色如春曉之花鬢若刀裁眉如墨畫鼻如懸胆睛若秋波雖怒時而似笑即瞋視而有情項上金螭瓔珞又有一根五色絲縧繫着一塊美玉黛玉一見便吃一大驚心中想道好生奇怪倒像在那裡見過的何等眼熟只見這寶玉向賈母請了安賈母便命去見你娘來即轉身去了一回再來時已換了冠

帶上週圍一轉的短髮都結成小辮紅絲結束共攢至頂胎髮總編一根大辮黑亮如漆從頂至梢一串四顆大珠用金八寶墜脚身上穿着銀紅撒花半舊大襖仍舊帶着項圈寶玉寄名鎖護身符等物下面半露松綠撒花綾褲錦邊彈墨襪厚底大紅鞋越顯得面如傅粉唇若施脂轉盼多情語言若笑天然一段風韻全在眉梢平生萬種情思悉堆眼角看其外貌最是極好却難知其底細後人有西江月二詞批的極確詞曰

無故尋愁覓恨有時似傻如狂縱然生得好皮囊腹內原來草莽 潦倒不通庶務愚頑怕讀文章行為偏僻性乖張那管世人誹謗

又曰

富貴不知樂業貧窮難耐淒涼可憐辜負好時光於國於家無望　天下無能第一古今不肖無雙寄言紈袴與膏粱莫效此兒形狀

却說賈母見他進來笑道外客沒見就脫了衣裳了還不去見你妹妹呢寶玉早已看見了一個嫋嫋婷婷的女兒便料定是林姑媽之女忙来見禮歸了坐細看形容與衆各別只見兩灣似蹙非蹙籠烟眉一雙似喜非喜含情目態生兩靨之愁嬌襲一身之病淚光點點嬌喘微微閒靜似嬌花照水行動如弱柳扶風心較比干多一竅病如西子勝三分

寶玉看罷笑道這個妹妹我曾見過的賈母笑道又胡說了你何曾見過寶玉笑道雖沒見過却看着面善心裡倒像是遠別重逢的一般賈母笑道好好這麽更相和睦了寶玉便走向黛玉身邊坐下又細細打諒一番因問妹妹可曾讀書黛玉道不曾讀書只上了一年學些須認得幾個字寶玉又道妹妹尊名黛玉便說了名寶玉又道表字黛玉道無字寶玉笑道我送妹妹一字莫若顰顰二字極妙探春便道何處出典寶玉道古今人物通考上說西方有石名黛可代畫眉之墨況這妹妹眉尖若蹙取這個字豈不美探春笑道只怕又是杜撰寶玉笑道除了四書杜撰的也太多呢因又問黛玉可有玉沒有衆人都不

解黛玉便忖度着因他有玉所以纔問我的便答道我沒有玉你那玉也是件稀罕物兒豈能人人皆有寶玉聽了登時發作起狂病來摘下那玉就狠命摔去罵道什麼罕物人的高下不識還說靈不靈呢我也不要這勞什子嚇的地下衆人一擁爭去拾玉賈母急的摟了寶玉道孽障你生氣要打罵人容易何苦摔那命根子寶玉滿面淚痕哭道家裡姐姐妹妹都沒有單我有我說沒趣兒如今來了這個神仙是的妹妹也沒有可知這不是個好東西賈母忙哄他道你這妹妹原有玉來着因你姑媽去世時捨不得你妹妹無法可處遂將他的玉帶了去一則全殉葬之禮盡你妹妹的孝心二則你姑媽的陰靈兒也可

權作見了你妹妹了因此他說沒有也是不便自己誇張的意思啊你還不好生帶上仔細你娘知道說着便向丫鬟手中接來親與他帶上寶玉聽如此說想了一想也就不生別論當下奶娘來問黛玉房舍賈母便說將寶玉挪出來同我在套間煖閣裡把林姑娘暫且安置在碧紗廚裡等過了殘冬春天再給他們收拾房屋另作一番安置罷寶玉道好祖宗我就在碧紗廚外的床上狠妥當又何必出來鬧的老祖宗不得安靜呢賈母想一想說也罷了每人一個奶娘並一個丫頭照管餘者在外間上夜聽喚一面早有熙鳳命人送了一頂藕合色花帳並錦被緞褥之類黛玉只帶了兩個人來一個是自己的奶娘王

嬷嬷一個是十歲的小丫頭名喚雪雁賈母見雪雁甚小一團孩氣王嬷嬷又極老料黛玉皆不遂心將自己身邊一個二等小丫頭名喚鸚哥的與了黛玉亦如迎春等一般每人除自幼乳母外另有四個教引嬷嬷除貼身掌管釵釧盥沐兩個丫頭外另有四五個洒掃房屋來往使役的小丫頭當下王嬷嬷與鸚哥陪侍黛玉在碧紗廚內寶玉乳母李嬷嬷並大丫頭名喚襲人的陪侍在外面大床上原來這襲人亦是賈母之婢本名蕊珠賈母因溺愛寶玉恐寶玉之婢不中使素日蕊珠心地純良遂與寶玉寶玉因知他本姓花又曾見舊人詩句有花氣襲人之句遂回明賈母即把蕊珠更名襲人却說襲人倒有些痴

處伏侍賈母時心中只有賈母如今跟了寶玉心中又只有寶玉了只因寶玉性情乖僻每每規諫寶玉不聽心中着實憂鬱是晚寶玉李嬷嬷已睡了他見裡面黛玉鸚哥猶未安歇他自卸了妝悄悄的進來笑問姑娘怎麽還不安歇黛玉忙笑讓姐姐請坐襲人在床沿上坐了鸚哥笑道林姑娘在這裡傷心自己淌眼抹淚的說今兒纔來了就惹出你們哥兒的病來倘或摔壞了那玉豈不是因我之過所以傷心我好容易勸好了襲人道姑娘快別這麽着將來只怕比這更奇怪的笑話兒還有呢若爲他這種行狀你多心傷感只怕你還傷感不了呢快別多心黛玉道姐姐們說的我記着就是了又叙了一回方纔

安歇次早起來省過賈母因往王夫人處來正值王夫人與熙鳳在一處拆金陵來的書信又有王夫人的兄嫂處遣來的兩個媳婦兒來說話黛玉雖不知原委探春等却曉得是議論金陵城中居住的薛家姨母之子表兄薛蟠倚財仗勢打死人命現在應天府案下審理如今舅舅王子騰得了信遣人來告訴這邊意欲喚取進京之意畢竟怎的下回分解

紅樓夢第三回終